樂讀456 ——初階 116

妖怪一族 4

妖怪學校開學嘍

文 富安陽子 圖 山村浩二 譯 游韻馨

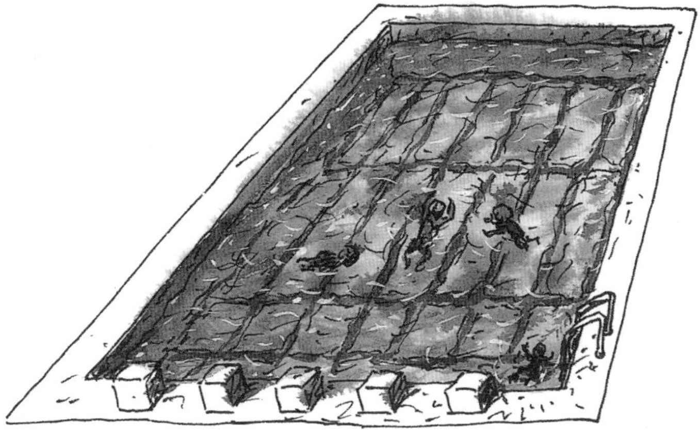

目錄

角色介紹

居住在化野原集合住宅區的妖怪九十九先生一家

山姥

九十九一家的奶奶。居住在深山中的年長女妖，有吃人的習慣。也稱作鬼婆、鬼女。

見越入道

九十九一家的爺爺。喜歡在深夜驚嚇路人的妖怪，可以自由改變體型大小。

轆轤首

九十九一家的媽媽。長頸妖怪，脖子能伸縮自如，甚至可以伸長到超高樓層。

滑瓢

九十九一家的爸爸。聰明又優秀的化野原妖怪首領，有著老成的外貌和光頭。在別人家總表現得像主人一樣。

一目小僧阿一

九十九一家的大兒子。光頭，額頭正中間只有一隻眼睛的妖怪，但是視力很好，連遠方的事物都能看得一清二楚。

天邪鬼阿天

九十九一家的小兒子。喜歡惡作劇的妖怪，力大無窮、跑步飛快。

小覺

九十九一家的女兒。天生具有超強讀心術的妖怪，在她面前，沒人能隱藏自己真實的想法。

角色介紹

九十九先生一家的人類朋友

野中先生

市公所地區共生課的職員，專門處理因為住宅開發而衍生的先住妖怪問題。

的場局長

化野原集合住宅區的管理局長。態度親切、身段柔軟，不管住宅區發生什麼問題都能立刻解決。

女神姬美子

從市民福祉課轉調到地區共生課的職員。是個狂熱的妖怪迷，天生具有能感受妖氣的靈異體質。

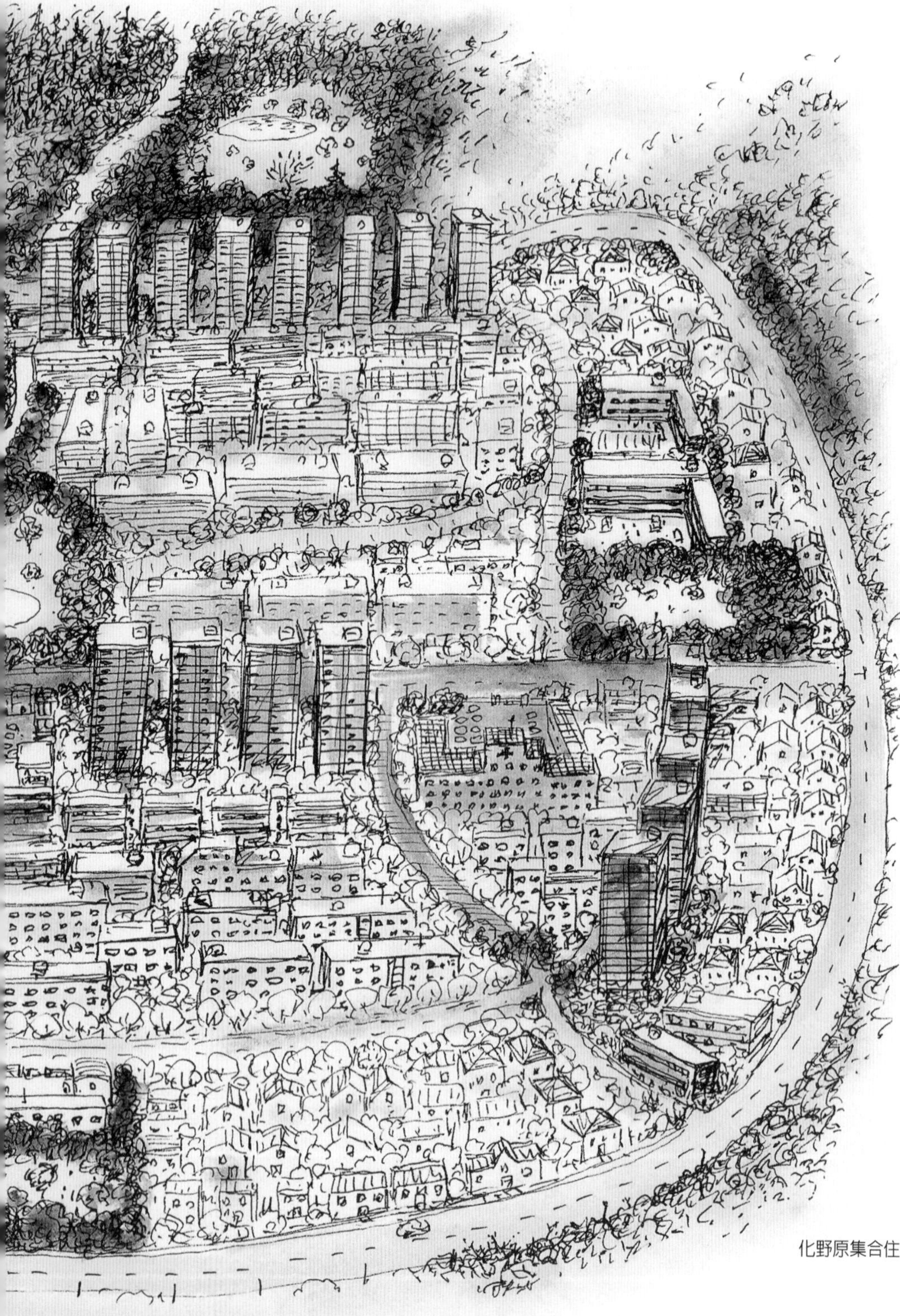

化野原集合住宅區

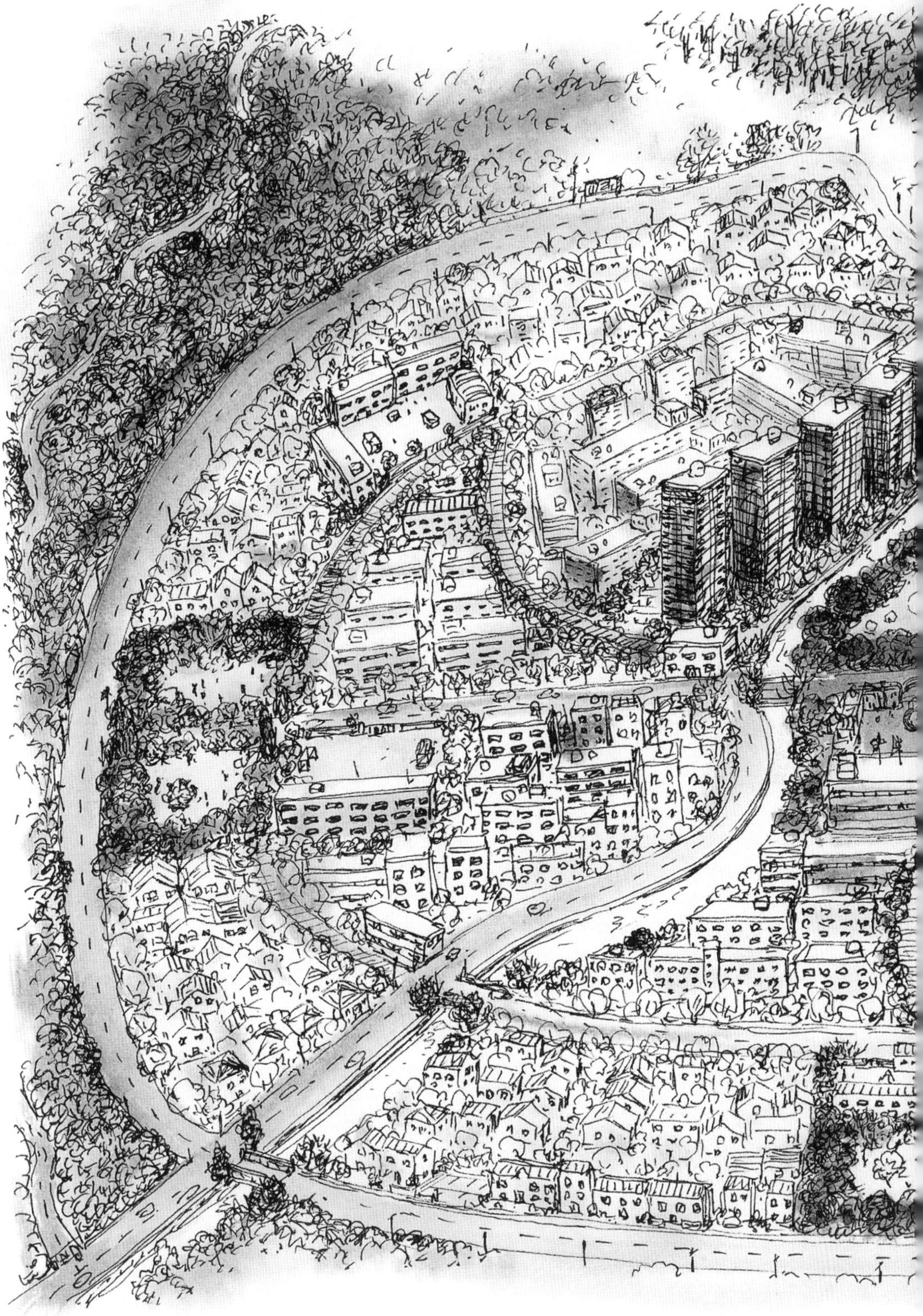

廢棄學校

潮溼的雨季結束後，炎熱的夏天降臨了化野原集合住宅區。緊密排列的公寓群在藍色天空下閃閃發光，道路兩旁的行道樹也傳來陣陣蟬鳴。

有時積雨雲會從圍繞城鎮的連綿山脈飄過來，降下雷陣雨，使乾燥的地面變冷，開始吹起微風。不久之後，黑夜從風的另一頭緩緩靠近，籠罩整座城鎮。

太陽下山後，住在化野原集合住宅區東町三丁目B棟地下十二樓的九十九妖怪一家，正要展開全新的一天。話是這麼說啦，但在市公所任職的滑瓢爸爸，一如往常的在傍晚出門上夜班；轆轤首媽媽，當天也要參加拼布教室的聚會，所以在傍晚時分離開了家。

除了他們兩人，見越入道爺爺、山姥奶奶和三個小孩，現在都在客廳裡喝果汁或牛奶，悠閒的看著電視，各自做各自的事。

「時間差不多了，我該出門散步了。」

見越入道爺爺說完便從沙發起身，沒想到山姥奶奶也迅速從地板上的柔軟坐墊站起來，幹勁十足的接話。

「我也要去散步！」

見越入道爺爺和山姥奶奶，或許都認為現在太陽已經完全下山，是最好的散步時機，所以才想在此刻出門吧！妖怪都喜歡潮溼陰暗的環境，要他們在炙熱的太陽照射下出門，可以說是非常不合常理的事情。妖怪和人類不同，他們會特地趁下大雨或發布豪雨警報的時候外出。老實告訴各位，遇到下大雨或發布豪雨警報的日子，妖怪們都特別開心。

爺爺、奶奶出門後，客廳裡只剩下三個孩子。這時，擅長洞察人心的女兒小覺開始抱怨。

「唉……好討厭喔！為什麼夜晚這麼短暫？我每天都在期待太陽趕快下山，但它好不容易下山又會馬上跑出來……太陽一出來，外面的空氣就變得好乾燥。夏天太無聊了，我最討厭夏天了！」

小覺一說完，天邪鬼阿天也發出咿兮兮兮的笑聲接著說：

「無聊就自己找好玩的事情做啊！我知道有個地方很好玩喔！」

「無聊就自己找好玩的事情做！」這句話說得對極了，因為太有道理，實在無法想像這是天邪鬼會說的話。天邪鬼是一種天生愛作對，會故意找對方吵架、違背對方意思、愛唱反調或惡作劇的妖怪。

一目小僧阿一很了解阿天的個性，聽他說出這麼有道理的話，忍不住開口詢問。

「你說你知道有個地方很好玩，是哪裡？」

阿天兩隻眼睛骨溜溜的轉了轉，笑著回答。

「要我告訴你們也可以，不過這是我隱藏好久的祕密，不能平白說出來。我想……就拿三天份的點心來換好了，嗯……媽媽做的美式鬆餅加厚切培根十分美味，你們把自己的點心給我吃三次，我就告訴你們。」

「不用了，我不想知道。」小覺說完，轉頭就找娃娃梅梅托一起玩遊戲。

「我也不想知道。」阿一也拒絕阿天的提議，轉頭看電視新聞。

「呿、呿、呿！」阿天生氣的發出三次咂嘴聲，同時對著奶奶剛才坐的坐墊用力揮拳洩憤，嘴裡還唸著：「那個地方真的很好玩，所以我才要你們拿三天的點心來換，算是便宜你們了！那麼好玩的地方只用三份培根鬆餅來換就能去玩，你們真的賺翻了！」

即使阿天這麼說，阿一和小覺也絲毫不為所動。

小覺對娃娃梅梅托說：

「今天玩什麼遊戲好呢？法蘭克斯坦博士與科學怪人？還是蛇髮女妖三姊妹？」

「好啦！給你們特別優惠，只要兩天份的點心就好，怎麼樣？」

阿天鬧脾氣的對阿一和小覺大吼，但阿一和小覺還是不理他。

阿一看著新聞，嘴裡喃喃說著：

「哎呀！今年夏天可能會缺水啊……」

「呿、呿、呿、呿！」阿天生氣的踢開坐墊，用力踏地。

「你們真的太狠了！好啦，跳樓大拍賣，只要拿一天份的點心跟我換就好。」

阿一和小覺仍然不理他。阿天看到他們的反應，忍不住搔了搔頭，不甘心的大吼。

「呿、呿、呿！我知道了，好啦！下次吃鬆餅的時候，你們把培根分一半給我，而且只要一次就好，怎麼樣？」

聽到阿天這麼說，阿一終於轉頭看向他。

「好吧，看在你這麼想說的份上，我就答應你了。」

前一秒還在跟娃娃梅梅托說話的小覺，也轉頭看向阿天。

「好吧，反正我不太喜歡吃培根，給你一半也無妨，我比較喜歡吃香腸。」

阿天一聽忍不住唸唸有詞。

「既然你不喜歡吃培根，那一開始答應給我三天份的點心不就好了嗎？」

小覺靜靜盯著阿天說：

「阿天，你到底要不要告訴我們那個好玩的地方在哪裡？如果不想告訴我們，我要回房間跟梅梅托玩四谷怪談遊戲了。」

「好啦！我知道了，我說就是了……」阿天用嘶啞的聲音回答，接著轉動雙眼，壓低聲音對阿一和小覺竊竊私語。

「那個好玩的地方，是一所學校喔！」

「學校？」阿一和小覺異口同聲的反問。

「噓！」阿天要他們小聲一點，客廳裡明明只有他們三個，他還

連連環顧四周，確定沒有其他人在，才小心翼翼的繼續說明。

「我說的學校不是普通的學校，那是一所廢棄學校，裡面什麼也沒有。」

「什麼是廢棄學校？」小覺問。

不等阿天說明，阿一就搶先回答。

「廢棄學校就是現在已經不使用，沒人去上學的學校。」

「為什麼沒人去那裡上學呢？」小覺問。

「我不知道。總之，那所學校裡沒有半個人，校舍破舊不堪，裡面溼氣很重，到處都是灰塵，一進去就讓人頭皮發麻，真是太讚了！」阿天聳了聳肩回答。

「化野原集合住宅區有這種廢棄學校嗎？」阿一歪著頭問。

阿天咿兮兮兮的笑著說：

「那所學校當然不在化野原集合住宅區嘍！往太陽下山的方向走，翻過一座山會看到一個小鎮，那所廢棄學校就在那個小鎮裡。」

我之前出門散步的時候，發現了那個地方。」

阿一看著阿天，額頭中間的那隻眼睛瞪得又圓又大。

「你平常散步會走到那麼遠的地方嗎？」

「只是有時候啦，」阿天得意的笑了起來，「你忘啦？我要是認真跑，一眨眼就能翻過一座山。」

阿天說得沒錯。天邪鬼雖然是個性格乖張的妖怪，但力氣很大，跑得很快，奔跑的速度可以媲美跑車。

「我跟你們說，那所廢棄的空學校，即使在現在這種炎熱的夏天晚上，還是很潮溼陰涼，很適合我們去提振精神。最棒的是，那裡有游泳池喔！」

「游泳池？」小覺問。

「嗯、嗯，」阿天點了兩次頭說：「沒錯，就是游泳池！我之前大半夜去的時候，就在空無一人的學校泳池游泳，感覺好舒服、好快樂啊！」

阿一和小覺在阿天面前互看一眼，畢竟阿天的描述實在太吸引人了。那所廢棄學校不僅潮溼陰涼，氣氛令人頭皮發麻，建築物更是破舊不堪，再加上有游泳池，他們真想親自去一趟。阿天把握時機，向他們輕聲提出邀請。

「很心動吧？我們現在就去那裡走一走如何？」

「什麼？你說現在就去？」

阿一的一隻眼睛瞪得老大，驚訝的看著阿天。

阿天笑著點了點頭。

「可是……」阿一說：「我和小覺跟你不同，我們沒辦法一眨眼就翻過一座山。要是跑去那麼遠的地方玩，夏天的夜晚比較短，搞不好天亮了都沒辦法回家……」

「咿兮兮兮……」阿天開心的笑了起來，對兩人說：「不用擔心，我帶你們去。我們三個騎媽媽的腳踏車，我只要『咻咻咻』的踩踏板，就可以用很快的速度抵達山的另一邊。」

阿一和小覺一語不發，再次互看了彼此一眼。

小覺看著阿一說：

「哥，你現在心裡是不是在想『我好想去』？」

小覺說得沒錯，阿一確實很想去山的另一邊，看阿天說的那所廢棄學校。事實上，自從搬進集合住宅區後，阿一就一直想去學校看看……阿一有這種想法也很正常，因為學校和一般住家不同，學校裡都是孩子，大家會聚在一起開心玩耍，這讓阿一很好奇，學校到底是怎樣的地方？妖怪不用讀書，也不用考試，當然也不用去學校上課。

妖怪一家的孩子，都是從大尺寸電視螢幕播放的節目了解學校的樣貌，因此阿一很想去那所空盪盪、令人頭皮發麻的破舊學校親眼看看。

「其實我也很想去。」小覺一說完，阿天立刻興奮的跳上跳下，欣喜不已。

「走吧，走吧！我們去學校，去有游泳池的學校！」

「好吧！」阿一點頭說：「我們今天晚上就一起去學校吧！」

「就這麼辦！」

阿天開心得在沙發上跳來跳去。小覺將娃娃梅梅托放在電視旁的椅凳上，對她仔細叮嚀。

「梅梅托，我們下次再玩四谷怪談遊戲，因為我現在要去學校，你乖乖看家喔！」

在這個夏天夜晚，九十九家的三兄妹一起前往山的另一邊，展開一趟廢棄學校大探險。

多了一個人的游泳池

阿一、阿天與小覺搭電梯到公寓一樓，走到公共大廳旁的腳踏車停車場，把媽媽的腳踏車牽出來，準備前往位於山的另一邊的小鎮。儘管三個人騎一臺腳踏車有點難度，他們還是想辦法保持平衡。小覺坐在腳踏車前方的車籃裡，阿天坐在椅墊上，阿一坐在後座，緊緊抱著阿天。

你說什麼？三個人騎一臺腳踏車很危險？

如果是人類的小孩這樣騎腳踏車，當然很危險，而且一定會被警察叔叔罵。但是妖怪身輕如燕，體格又比鋼鐵健壯，所以不能把人類的常理套用在他們身上。就這樣，妖怪三兄妹毫不遲疑的騎上腳踏車。

「好，我們出發嘍！」

所有人就定位後，阿天興致高昂的大喊，接著以極快的速度踩動踏板。

腳踏車的速度快到驚人，根本不像是騎腳踏車會出現的速度。

阿天踩著踏板不停往前快速轉動，即使目不轉睛也看不清楚他們的身影。前輪與後輪在柏油路上奔馳，似乎下一秒就會磨擦出火花。腳踏車在暗夜中穿梭，劈開迎面而來的晚風，以雲霄飛車的速度往前飛奔。

阿天一行人騎著腳踏車走上山路，翻越山嶺。在前往隔壁小鎮的途中，他們超越好幾輛汽車，還與好幾輛車擦身而過。不過阿天騎車的速度太快，快到汽車駕駛根本看不清楚到底是什麼東西超過自己，或是與自己擦身而過。他們只看到有個亮著六個燈的黑色物體，從自己身邊呼嘯而過，而那六個燈，指的就是妖怪三兄妹的五隻眼睛加上腳踏車的車燈……

就像阿天說過的，他們騎的腳踏車一眨眼就翻過山嶺，不一會兒便抵達了隔壁的小鎮。他們一進入小鎮，阿天就放慢騎腳踏車的速度，多虧如此，阿一和小覺可以從緩慢前進的腳踏車上欣賞小鎮風光。

這裡雖然是小鎮，但整體樣貌與化野原集合住宅區截然不同。山麓平原有一整片稻田和農地，家家戶戶的燈光散落在黑夜之中。化野原集合住宅區隨處可見的高樓，這裡連一棟也沒有，街燈零星的閃耀著光芒，好像快被暗夜吞沒了。

「這地方好美啊！」

妖怪最喜歡黑暗的地方，阿一忍不住出聲讚嘆，坐在前方車籃的小覺，也開心的點頭附和。

「真的好美！這裡又暗又安靜，風裡還帶著溼氣，感覺真是太舒服了！」

「咿兮兮兮……」阿天開心的說：「對吧？真的很棒吧！不過我們現在要去的學校比這裡更棒！」

小鎮的路上不僅沒有人煙，也沒有任何車輛經過。在微弱的路燈照耀下，阿天載著阿一和小覺騎在貫穿田間的黑暗小路上。他們翻山越嶺抵達的這個小鎮，放眼望去，四周都是山，往遠方看，只

看得到連綿的山脈。腳踏車繼續朝另一頭的山腳前進，夜色也隨著他們的前行越來越深。

家戶的燈光散布在稻田中，妖怪三兄妹經過道路盡頭的最後一盞路燈後，四周就像蓋了一層黑布，伸手不見五指。對面的山脈輪廓浮現在暗夜之中，妖怪三兄妹越往前走，山的輪廓看起來就越黑、越大，像是要淹沒他們。

在一片漆黑之中，妖怪三兄妹的眼睛越發光亮。

「好了，我們到嘍！」

抵達小路的盡頭後，阿天開口這麼說。

阿天按下煞車，原本一路不停在山路上奔馳的腳踏車，發出尖銳的吱吱聲後停了下來。

漆黑的連綿山脈圍繞著妖怪三兄妹，一所陳舊的小學靜靜佇立在他們的眼前。這所學校與化野原集合住宅區的小學，看起來完全不一樣。

化野原集合住宅區的小學，校舍是全新的三層樓水泥鋼筋建築；這座小鎮的小學，是小巧的兩層樓木造房屋，而且校舍破舊不堪，牆面木板斑駁剝落，破掉的窗戶以鍍鋅鋼板遮蔽，屋瓦也殘缺不全。

「哇！這所學校太棒了！」

小覺從車籃裡跳下來，開心的驚呼。

「這所學校又舊又破，真是太酷了！」

一目小僧阿一的一隻眼睛也閃閃發光，跳下後座大喊。

阿天將腳踏車騎到空盪盪的校園角落，那裡有一尊舊到發黑的二宮金次郎銅像。阿天將腳踏車停在銅像旁邊，再次咿兮兮的笑了起來。

「怎麼樣？我說得沒錯吧？這裡真的超讚對吧？」

這所小學廢棄許久，隨著小鎮人口減少，到最後，一年級新生

二宮金次郎

只剩下一個人，於是小鎮決定將這所小學與隔壁城鎮的小學合併，所有學童都到隔壁城鎮上學。從那個時候起，這所學校已經廢棄超過十年，就這樣被遺忘在小鎮的角落。不過，小鎮已經決定，在今年秋天拆掉這所學校。

簡單來說，夏天結束之後，這棟破舊校舍就要拆除，這所小學也將永遠走入歷史。

小鎮居民十分捨不得這所即將被拆除的小學，因此鎮公所在今年夏天籌劃了一場惜別活動。

鎮公所重新整理了廢棄小學的游泳池，特地開放給小鎮居民使用，讓居民享受今夏限定的泳池之樂。所以這裡白天十分熱鬧，每天從早上到傍晚，都有小鎮居民攜家帶眷到游泳池游泳，同時回憶歡樂的小學時代。

不過，現在是深夜，這裡一個人也沒有。

「游泳池就在那裡，我們快去游泳吧！」

興奮的阿天一說完，就蹦蹦跳跳的穿過漆黑的校園，飛奔到校舍旁的游泳池。阿一和小覺，也跟著阿天來到游泳池旁。

從山邊吹來的風，帶著土壤與樹木的味道；穿過稻田的風，則帶有綠色稻子的味道。這兩股風在校園裡交會，風勢相當強勁。

又彎又細的新月，早已追隨太陽西下。校舍旁的泳池四周有圍籬圍起，在搖曳的星空下，水池靜靜的泛起細微漣漪。

泳池的出入口在圍籬中間，雖然門上了鎖，但阿天搶先跳過圍籬，跑到泳池邊，迅速跳進水裡。

不過泳池並沒有因此激起水花，因為妖怪沒有重量，所以不像人類那樣，一跳進水裡就會水花四濺。

雖然沒有水花，但跳進泳池的阿天從冰冷水中探出頭來，對著阿一和小覺揮手。

「喂，你們快來啊！泳池裡好舒服喔！」

阿一與小覺對看一眼，下一秒立刻以彈跳的方式來到圍籬前。兩人瞬間爬上圍籬，站在泳池邊，和阿天一樣跳進水裡。

這次當然也沒有濺起嘩啦水花，阿一和小覺就這樣一氣呵成的潛入水中。

「好舒服啊！」阿一一邊游泳，一邊笑著說。他游的是蛙式，在夜晚的泳池中來回游動。

「哇！水好冰啊！」

小覺也十分興奮，仰面朝天的開始游起仰式。不過，小覺的仰式游法是臉朝上，只靠雙腳像花枝一樣，一會兒伸直、一會兒往內縮的游動。

「怎麼樣？我說得沒錯吧？很舒服吧？」阿天用狗爬式在水中往前划動。

游仰式的小覺、游蛙式的阿一和游狗爬式的阿天，三人在游泳池裡來回游動，黑夜的味道與池水的冰涼觸感，讓他們無比放鬆，十分快樂。

「喂，我們來玩水中鬼抓人吧？」

小覺開口提議後，便率先潛入水裡，消失得不見蹤影。阿一接

著大喊：

「阿天當鬼！」

「什麼？你們兩個太狡猾了！」阿天還沒抱怨完，阿一就消失在水中。

「呿！呿！呿！」阿天雖然生氣的咂舌，卻依舊興致高昂。原因很簡單，他覺得在漆黑夜裡的游泳池玩鬼抓人一定很有趣。

「躲好了嗎？我去找你們嘍！」

阿天放聲大喊，接著潛入水裡尋找阿一和小覺。

水底的世界比水面上更加美好，因為在夜空中閃耀的星光，無法照入水裡。雖說妖怪的眼睛在黑夜中看得很清楚，但水裡搖動的水波加深了黑暗的感覺，想要在水中找到目標並不是一件簡單的事。阿一和小覺為了躲避當鬼的阿天，像黑影般一會兒漂到這裡，一會兒又漂到那裡，讓阿天無法掌握蹤跡。

阿天完全看不出來誰在什麼地方，無法分辨哪個影子是阿一，哪個影子是小覺。不過，這種摸不清楚方向的感覺，讓鬼抓人的遊戲更加有趣。

阿天在水中大喊：

「等一等，別跑！」

他說出來的話並沒有傳出去，最後只變成「啵、啵、啵」的泡泡，漂浮到水面上。幸好妖怪既不需要呼吸，也沒有呼吸的習慣，想在水裡潛多久都可以。

阿天在一片漆黑的水中來回游動，追著影子到處跑。忽然間，他想到一個點子，立刻往下潛入泳池底部。

他一直往下潛，潛到游泳池的水泥地板後翻過身來，臉部朝上，睜大雙眼，尋找在他上面來回游動的影子動向。

看到了，阿天看到影子了！他從游泳池底部往上看，清楚捕捉到在水中游動的影子。

正當阿天想著「太好了，看我怎麼抓你們！」的時候，他發現一件事情不太對勁。因為他看到在水中游動的黑影不只兩個，而是三個。

可以確定的是，有一個黑影是阿一，另一個黑影是小覺……那第三個黑影究竟是誰？

沒想到在這樣的大半夜裡，除了九十九一家的妖怪，竟然還有其他人在學校的游泳池游泳，阿天對此感到非常的驚訝。

就在這時，阿一從阿天的正上方游過。

阿天像青蛙一樣，用雙腳踢了一下泳池底部，在往上竄升時順勢抓著阿一浮上水面。

「哎呀，我被鬼抓到了！」阿一露出水面後，開心的笑著說。

「我跟你說，游泳池裡還有其他人。」

阿天壓低聲音，在阿一耳邊說出自己的發現。阿一一聽，也感到十分驚訝。

「什麼？還有別人在？你還沒抓到小覺，會不會是她啊？」

「不是、不是，絕對不是小覺，」阿天用力搖頭，水珠隨著甩動的髮尾灑落，「除了我、哥哥、小覺之外，游泳池裡還有另一個人也在游泳。」

「咦？還有另一個人？」

阿一也很驚訝，接著用他的一隻眼睛仔細盯著水裡。

是的，阿一只有一隻眼睛，但他的眼睛可以看穿所有東西。只要他願意，他可以看得比望遠鏡遠，比顯微鏡細微，想看什麼都看得到。

「我只有看到小覺。」阿一看了一會兒，毫不遲疑的說。

「不可能！我剛剛真的看見了，游泳池裡除了你和小覺之外，還有另一個人也在游泳。」

就在這個時候，游膩了的小覺從水裡探出頭來，生氣的嘟著嘴，瞪著阿一和阿天。

「你們怎麼都沒來抓我呢？你們不玩鬼抓人了嗎？」阿一立刻向小覺解釋剛剛發生的事。

「阿天說除了我們之外，他看到有另一個人在游泳池裡游泳。」

小覺在星空下，雙眼發光的緊盯著阿天。是的，小覺的眼睛擅長洞察人心，一眼就能看出對方是不是在說謊。

「看來是真的，阿天沒有說謊。」小覺說。

有了小覺的背書，阿天更加有信心的對阿一說：

「你看吧！你再看清楚點！」

聽到小覺這麼說，儘管阿一覺得不可能，卻還是再次仔細盯著一片漆黑的泳池看。

「可是……我真的沒有看到其他人的身影，那傢伙究竟躲到哪裡去了？」

暗夜中的游泳池沒有任何動靜，阿一的疑問完全找不到答案。

「啊……」小覺突然看著阿一說：「阿一哥哥，你的帽子不見了，帽子在哪裡啊？」

「啊……糟了！」

阿一嚇了一跳，趕緊伸手摸自己的頭。他每天戴在頭上的帽子不見了，一定是剛剛在水裡玩鬼抓人的時候，不小心漂走了。

阿一慌張的轉動一隻眼睛，環顧泳池的裡裡外外，可是到處都沒有發現帽子的蹤跡。明明剛剛還戴在頭上的帽子，現在卻連個影子都找不到。

「真奇怪……難道在來到游泳池之前，帽子就掉了嗎？」

阿天對喃喃自語的阿一搖了搖頭，說：

「不對，我確定你跳進泳池的時候，頭上還戴著帽子。」

妖怪三兄妹在泳池裡面面相覷。

阿一再次喃喃自語：

「那我的帽子掉到什麼地方去了？它會跑到哪兒去呢？在泳池裡游泳的另一個人又是誰？」

潮溼溫暖的晚風吹了過來，在游泳池的水面上吹起小小的波紋。

這個時候，黑漆漆的破舊校舍傳來輕快的聲響。

叮咚、叮咚、叮咚、叮咚咚……

「是鋼琴聲……」小覺輕聲說。

「這首曲子是〈給愛麗絲〉……」阿一也喃喃自語。

「是誰在彈鋼琴呢？」阿天歪著頭問。

阿天、阿一和小覺，在泳池裡互看了彼此一眼。

隨後，校舍又傳來了鋼琴的聲響。

帽子小偷

「說不定是那個傢伙，就是我之前在游泳池裡看到的那個傢伙，他現在一定就在校舍裡彈鋼琴。」阿天盯著泳池旁的獨棟校舍說。

「說不定就是他拿走了阿一哥哥的帽子。」小覺說。

聽到小覺這麼說，阿一忍不住瞪大了一隻眼睛。

「你為什麼這麼肯定？那傢伙為什麼要拿走我的帽子？」

「因為……」小覺說：「阿一哥哥，你想想看，剛剛有兩個東西從游泳池裡消失，一個是在水裡游泳的某個人，一個則是你的帽子……所以一定是那個人拿走了你的帽子，這樣的推理很合乎邏輯，不是嗎？」

「嗯……確實有道理。」阿一點頭同意。

阿天也興奮的對阿一說：

「走！我們去抓他。我們去校舍裡看看，一定要抓到那個帽子小偷，好好揍他一頓，揍到他父母都認不出他來！」

阿一一臉困惑的眨了眨自己的一隻眼睛。

「其實……沒必要把他揍到連他父母都認不出來。不管怎麼說，我們還是得找到我的帽子……你的提議正合我心。」

於是，九十九家的三兄妹離開了游泳池，決定走進校舍查看情況。

三人從水裡出來之後，先在游泳池邊像狗一樣用力抖動身體，把水全部甩掉。妖怪在游泳池游泳時不會特意脫掉衣服，所以三人身上的衣服，包括上衣、褲子和裙子全都溼漉漉的。不過，他們只要像狗一樣抖動身體，就能將多餘的水分甩掉。如此一來，雖然身

上的衣服還是溼的，卻不會再滴水。甩掉多餘的水後，三人跳出圍籬，往一片漆黑的校舍正門走去。

「鋼琴聲停了。」

三人走到大門口時，小覺仔細傾聽周遭的聲音，接著對哥哥們這麼說。

校舍入口沒有門板阻擋，只用一條繩子圍了起來，不知道大門是壞了，還是被拆掉了。這所毫無人煙的學校彷彿張著漆黑大口，居高臨下的看著三人。

「剛剛的鋼琴聲，好像是從二樓傳來的，要去看看嗎？」

阿一說完，阿天立刻開心的跳上跳下。

「要啊！一定要！我們要快點抓到他。」

三人穿過大門前掛著「禁止進入」牌子的繩子，走進校舍之中。校舍裡伸手不見五指，到處都是灰塵和廢棄垃圾，有一股陰涼潮溼的感覺。

幸好妖怪們身輕如燕，要是他們的身體和人類一樣笨重，在校舍裡行走的時候，堆積在地板上的灰塵一定會高高揚起，而且腐蝕的地板還會發出「吱吱吱」的聲響。

不過妖怪三兄妹沒有揚起半粒灰塵，也沒有讓任何一塊地板發出聲響，他們在黑夜中輕鬆飛越滿地的垃圾，無聲的往前走。

「好棒的學校！如果有這樣的學校，我也想每天上學。」小覺抬頭盯著天花板上的巨型蜘蛛網，忍不住驚呼。

阿一也用他在黑暗中閃爍著光亮的一隻眼睛四處探索，接著發出由衷的讚嘆。

「這裡真的好破舊，而且空氣又潮溼，四周都是灰塵和發霉的氣味。這麼棒的學校竟然廢棄不用，真是太可惜了。」

「對吧？我說得沒錯吧？」阿天得意洋洋的邀功，「本大爺沒騙你們吧？」

2-2

走廊的盡頭，有個連接到二樓的樓梯。

「咦？你們有聽到什麼聲音嗎？」

阿一看著樓梯上方，疑惑的歪著頭。

「有嗎？有什麼聲音嗎？」

阿天話才說到一半，小覺立刻「噓」的一聲，要阿天安靜一點。阿一、阿天與小覺全都噤口不語，在暗夜中專注聆聽。

砰咚……砰咚……砰咚……砰咚……

咖沙……咖沙……咖沙……咖沙……

聲音聽起來很輕微，似乎是有東西在動，感覺像是有人或是什麼物體在二樓走廊走動或移動。

「是那個傢伙嗎？」阿天輕聲說。

「可能吧……但是，這個腳步聲好奇怪。」小覺聳了聳肩。

阿一朝樓梯上方大喊：

「晚安，請問有人在嗎？」

所有人屏氣凝神，卻沒有聽見任何回應。不過剛剛那個奇怪的腳步聲，確實是從二樓傳來的。

砰咚……砰咚……砰咚咚咚咚……

咖沙……咖沙……咖沙咖沙……

「我們上去看看吧！」

阿天說完便拔腿走上樓梯。通往二樓的樓梯木板東缺一塊、西缺一塊，像是陷阱般一不小心就會踩空掉下去。身輕如燕的阿天輕鬆跳過樓梯的缺口，往二樓走去，阿一和小覺也跟在他後面往上走。

率先走到二樓的阿天，在走廊入口大叫。

「啊！你們快來看，那個傢伙的頭上戴著帽子！那是阿一哥哥的帽子呢！」

隨後走上二樓的阿一與小覺，在探頭查看二樓走廊時，也忍不住「啊」了一聲。

小覺瞪大雙眼，喃喃自語。

「為什麼骷髏要戴著帽子散步？」

是的，你沒看錯。在空無一人、破爛陳舊的陰暗校舍二樓走廊，有一個骷髏「砰咚、砰咚、咖沙、咖沙」的朝阿一等人走來，而且骷髏的頭上還戴著棒球帽。

「沒錯，那絕對就是我的帽子！帽子右邊的底部寫著小小的『九十九一』！」

阿一的眼睛真厲害，在伸手不見五指的黑夜裡，還能清楚看見帽子上的小字。

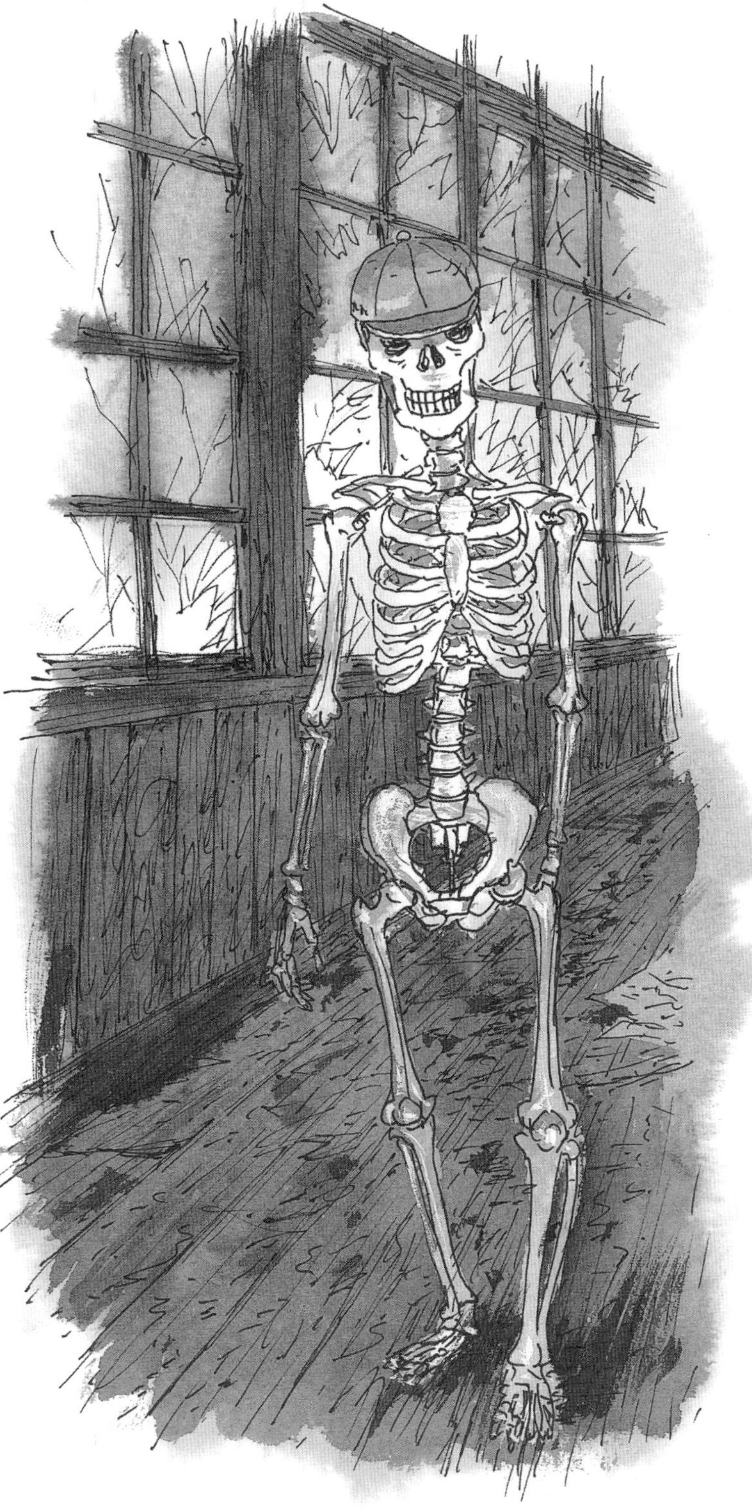

「那麼，他就是帽子小偷嘍？」阿天聽完阿一的話，眼睛閃現精光，興奮的說：「好，看我的！你這個帽子小偷，我一定要把你抓起來！」

阿一和小覺還來不及開口，阿天就像子彈一樣往走廊飛去，在助跑三步後，一個箭步朝骷髏身上撲過去。

乒乒砰隆、噗咚哐噹！

一陣極大的聲音響起，骷髏就這麼被阿天撲倒在地。堆積在走廊上的灰塵全都飄了起來，一時之間塵霧瀰漫，看不清楚狀況。

阿天從解體的骷髏堆爬起來，驚訝的說：

「咦？這傢伙怎麼解體了？」

「唉，」小覺走到解體的骷髏堆旁，嘆了一口氣，「阿天，你這樣不行啦！怎麼可以突然撲過去呢？骷髏原本就是一碰就碎，很脆弱的。」

「好奇怪，」站在一旁的阿一說話了，他的一隻眼睛盯著散落在地板上的骷髏堆，接著說：「這傢伙剛剛還會動，現在卻完全看不出他是妖怪。他的四周根本沒有妖氣……就只是一堆骷髏而已。」

阿天撿起一根掉在他右手邊的粗大骨頭，仔細查看並提出疑問：「難道是有人在背後操控骷髏嗎？」

「嗯……」阿一歪著頭思考，「如果有人在背後操控，這堆骷髏骨頭應該會沾染上對方的妖氣，可是我也看不出有這樣的痕跡……這究竟是怎麼一回事？」

「還有另一件事也很奇怪。」小覺說。

「什麼事？」阿一問。

「哥哥的帽子跑到哪裡去了？剛剛骷髏還戴著呢！」小覺回答。

阿一與阿天聽到小覺這麼說，趕緊查看四周散落一地的骷髏骨頭，想要找到帽子，可是到處都沒看到帽子的蹤跡。原本戴在骷髏頭上的帽子，現在怎麼找也找不到。

「又不見了……」阿一失望的喃喃自語。

「哥哥的帽子到底在哪裡？」

阿天說著，再次環顧昏暗的走廊。

就在此時，走廊盡頭的教室窗戶透出了燈光。

理應空無一人的破舊校舍，二樓盡頭的教室竟然亮著一盞燈，在黑夜中顯得相當突兀。從窗戶透出來的燈光，彷彿是在邀請阿一、阿天和小覺前去一探究竟。

空教室裡的歡笑聲

阿天還來不及說出「我們一起去看看」，阿一和小覺已經快步走向亮著燈的教室。

「等等我！」

阿天見狀，立刻從骷髏堆中站起來追上兩人。

他們幾乎同時抵達教室前面，這時教室裡突然傳出笑聲，感覺像是有人說了什麼笑話，使其他同學哄堂大笑。

阿天一伸手觸碰教室前門，教室裡的歡笑聲立刻停止了。阿天用力拉開門，教室裡的燈光瞬間暗了下來。

阿天、阿一和小覺探頭查看，教室裡伸手不見五指、空盪盪的。微弱的星光從破掉的窗戶玻璃照射進來，可以看到整齊排列的老舊桌椅，卻沒有任何學生的蹤影。

「咦？大家都到哪裡去了？剛剛教室裡明明有人，對不對？」阿天疑惑的歪著頭說。

阿一點頭同意他的意見。

「是啊，剛剛明明聽到了歡笑聲。」

「咦？」小覺驚呼，「你們看那邊，快看那邊的教室！」

阿天和阿一轉頭往小覺手指的方向看，兩人也不禁「啊」的驚呼一聲。

這次竟然是走廊中間教室的燈亮了起來，那是他們剛剛經過的空教室。

「好，這次我一定要逮到你！」阿天大吼著往前衝刺。

不過，同樣的情形再度發生。阿天一跑到教室門前，教室裡就傳出歡樂的笑聲，但是當他將手放在門上，笑聲就停止了，而且一開門燈就熄滅，只剩下一間空空如也的教室。

看到眼前的景象，阿天氣死了，而且是氣急敗壞！他在教室前用力跺腳，不停咂嘴。

「呿！呿！呿！呿！」

阿一和小覺跟在阿天身後，探頭查看教室的情況，發現裡頭和剛剛一樣空無一人，不由得面面相覷。

「這到底是怎麼回事？」

阿一眨著一隻眼睛，語氣中充滿狐疑。小覺則是生氣的嘟著嘴，瞪著黑暗的教室看。

「我們被耍了，一定是有人在惡作劇……」

「惡作劇？」阿天憤慨的大叫，「這根本是惡搞，我不會放過他的！竟然敢耍妖怪，他究竟想幹麼？」

最喜歡惡搞別人的天邪鬼阿天說出這樣的話，實在令人感到啼笑皆非，但是不可否認，對他來說，耍別人跟被別人耍是兩碼子事，現在的狀況讓阿天怒火中燒。

「噓！」這時，小覺舉起食指放在自己的嘴脣上，要大家保持安靜，「你們聽到了嗎？」

阿天和阿一屏氣凝神，仔細聆聽周遭的動靜。

他們聽見「啪嗒、啪嗒、啪嗒、啪嗒」的腳步聲，似乎是有人急急忙忙的跑下了樓梯。阿天立刻跑到走廊盡頭的樓梯口，將上半身探出樓梯扶手往下看，接著大叫。

「有人在那裡，他戴著哥哥的帽子！」

阿一和小覺馬上往樓梯方向跑，但阿天搶先一步翻過扶手，跳到樓梯平臺上。

「我一定要逮住你！」阿天放聲大叫。

阿一和小覺趕緊探頭查看，想親眼見證阿天抓到對方的那一刻。

阿天確實抓到了人……呃，應該說他抓到了某個東西，只不過……那看起來不像人也不像妖怪。嗯……該怎麼說呢……那看起來像是……

小覺脫口而出：「那是掃帚吧？」

阿一也點了點頭說：「嗯，是掃帚。」

阿一無奈的看著壓制掃帚的阿天，對他說：

「喂，阿天，那是掃帚，快放手。」

「什麼？掃帚？不會吧！怎麼會這樣？」

阿天驚訝的盯著自己剛剛抓到的東西。

沒錯，阿天抓到一根破舊的長柄掃帚。他剛剛跳過扶手，用力按住掃帚，將它牢牢壓制在地。

「咦？不對啊……我明明看到一個戴著阿一哥哥帽子的傢伙走下樓……我應該抓到他了才對……」阿天疑惑的說。

此時，校舍裡又傳來一陣笑聲。阿天、阿一和小覺嚇了一跳，趕緊查看四周，可是附近還是沒有任何人影。和燈光忽明忽滅的教室一樣，妖怪三兄妹聽得見笑聲，但無論是走廊還是樓梯，都看不到是誰在笑。

此時的笑聲像是在嘲笑阿天的失誤，響遍了整個校舍，而且不一會兒又突然停止。

在安靜無聲的黑暗中，小覺再度開口：

「一定是有人在惡作劇。」

阿一摸了摸沒戴帽子的頭說：「那傢伙還帶走了我的帽子。」

阿天放開掃帚，走上階梯，來到阿一和小覺身邊。

「我絕對不會原諒他！雖然不知道對方是誰，但他竟然敢小看妖怪，簡直不可原諒！既然如此，我也要拿出真本事，我一定會抓到他、打敗他！」

「你說得沒錯，」阿一點頭認同阿天的意見，「看來只有抓到那個傢伙，他才會將帽子還給我。既然如此，我們必須認真面對這件事，非抓到他不可。」

「要怎麼抓呢？」小覺問：「阿一哥哥的眼睛能看穿一切，可是連你也看不見他，如果看不見腳印或妖氣，我們要怎麼抓到他？」

「交給我！」阿一拿出身為大哥的氣魄做保證，接著，將阿天和小覺叫到自己身邊，以其他人聽不見的聲音說：「你們聽我說，這次換我們引誘對方出現。待會兒無論對方做什麼，我們都裝作不知道，這樣一來對方就會感到不耐煩，主動接近我們。然後，我們就看準時機抓他。」

「嗯，這個點子太好了！」阿天笑著點頭說。

「我有一個提議。光是等待太無聊了，這段期間我們來玩老師學生的遊戲好不好？我要當老師！」小覺提出自己的想法。

就這樣，九十九家的三兄妹在破舊校舍的教室裡，玩起了老師學生的遊戲，同時等待帽子小偷的到來。

小覺站上教室裡的講臺，對著坐在臺下的阿天和阿一說：「各位同學，晚安，我們要開始上課嘍！我們先從大聲打招呼開始，全體起立！」

聽見小覺的指令，阿天和阿一立刻從位子上站起來。

「敬禮。」

聽見小覺的指示，阿天和阿一又立刻鞠躬，然後大聲回答：「老師晚安！」

就這樣，妖怪學校正式開始上課了。

妖怪小學的數學課

「好，我們先來上數學課。老師先出題，請各位同學仔細思考計算，並且努力解題。知道了嗎？」

小覺老師說完，坐在底下的阿一和阿天便齊聲回答「知道了」。

小覺老師一邊思考要出什麼數學題，一邊開口說明。

「嗯，九十九一家總共有七個人，有一天，大家決定一起出門去抓青蛙……」

「老師！」

小覺話還沒有說完，阿天就舉手插話。

「阿天同學，你知道答案了嗎？我的題目還沒說完耶。」小覺老師看著阿天問。

「不是啦，我有問題。九十九一家為什麼要去抓青蛙？抓青蛙要做什麼？」

小覺皺著眉頭說：

「這個嘛……就是……總之就是見越入道爺爺提議，大家來比賽，看誰最會抓青蛙。」

「老師！」阿天再次舉手，「既然是比賽，第一名有獎品嗎？」

面對阿天突如其來的問題，小覺依舊認真面對，拚命想出合理的解釋。

「嗯……好吧，第一名可以得到轆轤首媽媽特製的三片美式鬆餅佐鮮奶油與巧克力醬！」

「這獎品太棒了！」

阿天完全忘了這是數學題，自顧自的想像起媽媽的好手藝。

小覺趁著阿天沉醉在美味鬆餅幻想的空檔，繼續出題：

「大家把自己抓到的青蛙放在超市塑膠袋裡，等比賽結束後再集合結算大家的成果。滑瓢爸爸與轆轤首媽媽各抓到兩隻青蛙，見越入道爺爺與山姥奶奶各抓到三隻青蛙，阿一抓到四隻，阿天抓到五隻，小覺抓到六隻。請問，總共有……」

小覺才說到這裡，阿天就開始鬧脾氣：

「不公平、不公平、不公平啦！小覺竟然拿第一，這分明是作弊！這樣媽媽特製的三片美式鬆餅佐鮮奶油與巧克力醬，不就被你拿走了嗎？」

阿一開口安撫阿天：

「阿天，這只是數學題，第一名不會真的拿到媽媽特製的三片美式鬆餅佐鮮奶油與巧克力醬。」

「就算只是數學題也不公平啦！不公平、不公平，不公平就是不公平，不公平！」

小覺和阿一無奈的看著搞不清楚狀況的阿天，最後小覺老師決定妥協，更改了題目。

「好吧，我知道了，我重說一次。爸爸、媽媽各抓到兩隻青蛙，爺爺與奶奶各抓到三隻青蛙，我四隻，阿一哥哥五隻，阿天六隻……這樣可以了嗎？」

「咿兮兮兮！」阿天開心的笑到肩膀狂抖，「本大爺第一名，抓青蛙比賽的獎品是我的了！我想吃特製鬆餅！」

小覺深深嘆了一口氣，接著把題目說完：

「請問，九十九一家總共抓到幾隻青蛙？」

題目說完了，大家也一起計算吧！

爸爸與媽媽各抓到兩隻，所以是２＋２。
爺爺與奶奶各抓到三隻，所以是３＋３。
小覺抓到四隻。
阿一抓到五隻。
阿天抓到六隻。
所以青蛙總計是２＋２＋３＋３＋４＋５＋６，等於二十五隻青蛙。

「我知道！」阿一舉手說。

「阿一哥哥……不對，阿一同學，答案是幾隻呢？」小覺請阿一回答。

「二十二隻。」

「我的答案和阿一哥哥一樣！」阿天大叫。

小覺冷眼看著大叫的阿天。

「阿天同學，你根本沒有動腦筋吧？你剛剛都沒在算，滿腦子都在想鬆餅，對吧？」

阿天嘟著嘴抱怨：

「可是……總共有幾隻青蛙根本不重要，這場比賽比的是誰最會抓青蛙不是嗎？」

小覺決定放棄要阿天解數學題的想法，直接對阿一說：

「阿一同學，請你到前面來，將算式寫在黑板上。」

阿一起身離開座位，走到教室前方，站在黑板前，拿起一枝短粉筆開始寫算式。

2＋2＋3＋4＋5＋6＝22。阿一一邊指著自己的算式，一邊說明。

「第一個『2』是爸爸抓的青蛙數量，接下來的『2』是媽媽抓的，『3』是爺爺抓的青蛙數量，『4』是小覺抓的，『5』是我抓的，『6』是阿天抓的青蛙數量……所以總共是二十二隻青蛙。」

「那奶奶抓的青蛙呢？」小覺問。

阿一用他的大眼睛盯著小覺，說：

「奶奶一抓到青蛙就會吃掉，所以她抓到的數量是零。」

「啊……你說得對。」

阿一的說法說服了小覺。小覺認為阿一的算式和答案是正確解答，因此拿起白色粉筆，在阿一寫的算式和答案上畫了一朵大大的花，裡面再加上一個小漩渦表示嘉獎。小覺原本想用紅色粉筆，可惜教室黑板前沒有紅色粉筆。

阿天看到阿一有花朵圖案嘉獎，內心感到十分羨慕，忍不住開

口要求。

「也把我的獎品畫出來嘛！拜託，幫我畫特製鬆餅的圖案。」

心地善良的小覺老師，在黑板空白處畫上一幅大大的三片鬆餅圖案，還在鬆餅上加了蓬鬆柔軟的鮮奶油和濃稠滑順的巧克力醬。

「太好了，這是本大爺的特製鬆餅！」

「好，今天的數學課就上到這裡。」

小覺這麼說的時候，還站在黑板前的阿一小聲說：

「你們偷偷看一下外面，學校操場上有一個奇怪的傢伙在跑步。」為了避免被對方發現，阿天和小覺的身體保持朝向前方不動，只轉動眼睛，偷偷看著操場。

阿一說得沒錯，有個奇怪的傢伙在夜晚漆黑的操場上跑步，背上還背著柴薪，手裡拿著書，默默的繞著操場奔跑。

阿一再次說起悄悄話：

「我猜那應該是二宮金次郎的銅像，就是我們停腳踏車時，立在操場旁邊的那尊銅像。二宮金次郎是以前的偉人。話說回來，在操場上跑步的二宮金次郎銅像，和之前看到的銅像有一個地方不一

樣。它的頭上戴著我的帽子，這一定是帽子小偷搞的鬼。」

九十九家的三兄妹輕輕點了點頭，準備按照原定計畫，繼續引誘帽子小偷。三人收回目光，假裝沒有看見正在跑步的二宮金次郎。

六 捉迷藏的意外收穫

「接下來由我當老師。」

阿天說完後，小覺和阿一面面相覷，露出一副「該怎麼辦？」的表情。

「阿天，那你要教什麼呢？」阿一問。

阿天「咻」的一聲跳到教室天花板的高度，對阿一說：「體育！」

「什麼？在教室上體育課嗎？」

阿一驚訝的反問，可是阿天根本不管阿一問什麼，只是自顧自的說話。

「好了，開始上課嘍！大家一起練習跳躍！」阿天一邊說，一邊在教室裡蹦蹦跳跳。

「快看！阿一哥哥……不對，阿一同學和小覺同學快點跳起來，給我認真跳喔！」

阿天都這麼說了，阿一和小覺只好開始跳躍。

剛剛說過妖怪幾乎沒有重量，所以走在滿是灰塵的地板上不會留下腳印，跳進游泳池也不會激起水花。妖怪跳躍時，可以像氣球一樣飄浮在空中。

因此，阿天、阿一和小覺不像人類那樣笨重的蹦蹦跳，而是宛如爆米花般，在教室裡彈來彈去。

「接下來在空中轉一圈！」

往上跳的阿天，在天花板下方轉了一圈。阿一和小覺也在空中轉了一圈。

「下一招是空中

猴子！」阿天說。

「咦？什麼是空中猴子？」小覺問。

阿天立刻示範給小覺看。他「咚」的一聲往上跳，在空中做出猴子的姿勢。

「那我來做空中芭蕾舞伶！」

小覺輕輕往上一蹬，在天花板下方立起腳尖，擺出跳芭蕾舞的姿勢。

「好，我來一招空中章魚！」

往上跳躍的阿一，在空中做出章魚扭動身體的姿勢，惹得阿天和小覺哈哈大笑。

接下來，三人陸續做出空中竹蜻蜓、空中滑溜溜的蛇和空中煙火等各種姿勢。直到他們再也想不出新招，阿天才停止跳躍，走上講臺發言。

「好，接下來我們玩捉迷藏，阿一哥哥當鬼！」

「捉迷藏算是體育嗎？」阿一不滿的反對。

「不能讓阿一哥哥當鬼啦！」小覺說：「哥哥的眼睛是千里眼，一下子就抓到我們了。」

「那小覺當鬼。」

聽到阿天指名自己當鬼，小覺也不滿的「哼」了一聲，說：「我不要。」

「咦？為什麼？剛剛在游泳池玩鬼抓人的時候是我當鬼耶！這次該換小覺當鬼了。」

儘管阿天這麼說，小覺依舊堅決的搖頭拒絕。

「我、不、要！我討厭當鬼，如果一定要我當鬼，那我就不玩捉迷藏了。」

「嗚……呃……哼！」

阿天生氣的搔頭低吼，小覺卻不為所動。

阿一看到兩人僵持不下，只好嘆了一口氣說：

「好吧，真拿你們沒辦法……算了，我來當鬼吧！」

「不行！」阿天和小覺異口同聲的反對。

「不行啦，哥哥的眼力太好了。」小覺說。

「那我閉上眼睛找你們，這樣總行了吧？條件是你們只能在教室裡躲藏，絕對不能跑出去。怎麼樣？要不要玩？」阿一立刻提出解決方案。

阿天猶豫的看著阿一，說：

「你真的不會張開眼睛嗎？你發誓絕不作弊？」

「我才不會作弊呢！」阿一生氣的說。

「嗯，阿一哥哥說的是實話。他會閉上眼睛當鬼找我們，這是他內心真正的想法。」小覺點了點頭。

「那……好吧，哥哥當鬼。」

阿天說完，兄妹三人便開始在教室裡玩起了捉迷藏。

「啊！我找到了一個好東西。」

小覺跑到教室的窗戶旁邊，在破破爛爛的窗簾上，有一條將窗簾綁在一起的寬綁帶。小覺將綁帶從金屬零件上拆下來，交給阿一。

「阿一哥哥，這條綁帶剛好可以遮住你的眼睛。」

「好，我知道了。」阿一依照小覺的要求閉上眼睛，將綁帶綁在頭上，遮住視線。

「好了嗎？我要開始數到一百嘍！」阿一說完後，將身體轉向黑板，開始數數。

「一，二，三，四……」

阿天和小覺慌張的轉頭四處查看，在教室裡尋找適合的藏匿地點。

阿一不只視力好，還是聰明絕頂的一目小僧，因此他一邊數數，一邊專心聆聽教室裡的風吹草動。只要聽見教室的哪個角落有聲音，大概就能猜到有人躲在那裡。

阿天和小覺花了一點時間在教室裡來回走動，阿一從頭到尾都聽在耳裡。他很清楚兩人跑到哪裡，爬上什麼地方，或是躲在哪個地方下面。還知道他們曾經躲在哪裡又跑了出來，然後尋找其他地方躲藏。

「哈哈，我聽見關門的聲音，這是教室後面收納打掃用具的櫃子，看來有人躲到裡頭去了。」阿一心想。

「喔……竟然有人跑到我身後的講桌來了。咦？又跑走了。」

阿一就像這樣打開自己的耳朵，專心聆聽四周的聲音，藉此解讀阿天和小覺的動向。不一會兒，教室裡逐漸安靜了下來，周遭變得毫無動靜。

這個時候，阿一剛好數到「七十八」，接著繼續數「七十九、八十」，剩下的數字他決定跳過。

簡單來說，就是要說兩次「不倒翁跌倒了」作為結尾，才能結束數數。

「躲好了沒？」阿一在遮住眼睛的狀態下，轉身對空盪盪的教室說：「我要來捉你們嘍！」不過，沒有任何人回答他。

阿天和小覺屏住氣息，各自躲在自己找到的藏匿處。

「好，我要開始找人嘍！」阿一大聲宣布。

阿一小心翼翼的伸出雙手，接著用腳尖摸索地板，先從高一階的講臺下來，走到擺放桌椅的地面上。

阿一用雙手確認桌子的位置，直接走到教室後方。

教室後方有一整排固定在牆上的置物櫃，阿一先來到置物櫃前，接著走到收納打掃用具的櫃子，用雙手尋找收納櫃的門。

阿一在內心數著「一、二、三」，然後用力打開櫃子的門，伸出雙手抓住裡面的人，同時大喊：

「阿天，我抓到你了！」

「哇！你是怎麼找到我的？」

阿天被阿一的雙手緊抓著不放，忍不住放聲大叫。阿一呵呵笑著，放開了阿天。

「誰叫你躲進這裡的時候門關得那麼大聲？我一聽就知道你躲在

這裡。」阿一說。

「呿！呿！呿！呿！」阿天又生氣的咂舌。

接下來要尋找小覺了。阿一剛剛找到阿天時，有聽見教室後方的桌子發出微弱聲響，他猜小覺一定是躲在桌子底下。

「小覺躲好嘍，我一定會找到你！」

阿一再次宣示，接著伸出雙手一一搜尋桌子底下，想要找到小覺的藏匿處。不過教室的桌子散落各處，要一張一張的找，其實相當辛苦。阿一有時會撞到桌角喊痛，或是被椅子絆住差點跌倒，只能慢慢的在教室裡移動。

「加油！哥哥，你快找到了！」

被鬼抓到的阿天在一旁幫阿一加油。小覺到現在還沒被抓到，他應該很不甘心。

阿一從靠近走廊的打掃用具收納櫃，一路找到窗邊角落，還是沒有找到小覺躲藏的桌子。

阿一繼續往前走，打算到下一排桌子尋找。就在此時，他的雙手碰到窗簾，發現窗簾往外隆起。

咦？有人躲在窗簾後面！

「什麼啊！我以為小覺躲在桌子底下，原來是躲在窗簾後面啊！」阿一心想。

阿一臉上帶著笑容，用手抓住破舊的窗簾使勁拉開，同時大喊。

「小覺，我抓到你了！」

窗簾後面沒有傳出小覺的聲音，阿一感到很不可思議，趕緊拿下眼前的綁帶一探究竟。

「咦？」

阿一睜開眼睛看到了令人訝異的景象，忍不住瞠目結舌。

「這傢伙……是誰啊？」阿天在阿一身後小聲說。

小覺從前排桌子底下手腳並用的爬出來，對阿一和阿天說：

「那不是我，我在這裡。」

「他到底是誰？」阿一再次喃喃自語。

躲在窗簾後面的人，是一名陌生的男孩，他坐在窗簾已經拉開的窗框上，看著九十九家的三兄妹。

那名男孩頭上戴著阿一的棒球帽，阿天看著他頭上的帽子說：

「這傢伙應該就是帽子小偷。」

看來，三兄妹策劃的引誘帽子小偷大作戰很成功，對方真的主動現身了，不過……

「這傢伙也太矮小了吧？」阿天不敢置信的說。

「我還以為會出現身強體健、身材高大的可怕傢伙呢！」小覺也唸唸有詞的說。

九十九家三兄妹直盯著這名身材矮小的陌生男孩看，這名男孩也看著他們，臉上掛著笑容，沒有開口說任何一句話。

神祕男孩

從窗戶吹進來的風，把拉開的窗簾一角吹得前後擺動。

坐在窗框上的小男孩依舊面帶笑容，雙腳騰空晃動。

他的服裝有些復古，身上穿著白色背心搭配深藍色短褲，腳上的木屐點綴著黑色夾腳帶。

「你是妖怪嗎？」

面對阿天的詢問，男孩依舊笑而不答。

阿一在一旁搖了搖頭。

「不是，他不是妖怪，他身上沒有妖氣。」

「那他是人類的小孩嗎？」小覺問阿一。

阿一再次搖頭說：

「我覺得他也不是人類，因為他身上完全沒有人類的味道。」

聽見阿一這麼說，阿天和小覺也用鼻子聞了一下小男孩的味道。妖怪對人類的味道很敏感，無論是鬼或山姥，只要附近有人類，一聞味道就能掌握行蹤。

不過，眼前這名男孩完全沒有人類的味道……說得更具體一點，他的身上沒有任何味道。

「看來這傢伙也不是狐狸或貍貓變的。」

為求慎重，阿天聞了好幾次才這麼說，而阿一和小覺也贊同阿天的看法。

「既然如此，這傢伙到底是誰？」

事情回到了原點，阿天又問了相同的問題，不過男孩完全沒有要回答的意思，他依然面帶笑容，不發一語。

阿一指了指男孩頭上的帽子問：「那是我的帽子吧？」

男孩笑笑的點了點頭。

「把帽子還給我。」

男孩沒有拒絕，直接脫下帽子，交到阿一伸出來的手上。

「剛剛是你在操控骷髏嗎？」

男孩對小覺的問題點了點頭。

「在操場跑步的二宮金太郎，也是你搞的鬼嗎？」

阿一一邊戴上帽子，一邊糾正阿天的話：

「不是二宮金太郎，是二宮金次郎。」

不過男孩一點也不在意阿天的口誤，依舊笑著點頭。

「真的嗎？」

阿天覺得有點不對勁，探出上半身，目不轉睛的盯著男孩。

「這傢伙未免太厲害了吧，剛剛說的事情真的都是他做的嗎？他的身材這麼矮小，真的做得到嗎？」

小覺的雙眼露出精光，她用發亮的眼睛仔細盯著男孩，想要洞察男孩內心真正的想法。不一會兒，小覺驚訝的倒抽了一口氣。

「啊，嚇死我了，我竟然沒辦法看透他的內心！他的心門上了鎖，沒辦法打開來看。」

「什麼？心門上了鎖？」

阿一的一隻眼睛瞪得大大的，緊盯著男孩的臉。

這個神祕男孩既不是妖怪，也不是人類的小孩，他究竟是何方神聖呢？

各自具備超強能力的妖怪三兄妹，看著眼前這位面帶笑容卻不發一語的男孩，不知道還能對他說什麼或做什麼，只能面面相覷，束手無策。

「我們回家吧！」

此時，阿天突然開口提議。不曉得是不是因為這位男孩來路不明，讓阿天感到不舒服，他才不想在這裡多待一秒。

現在是草木都陷入沉睡的丑時三刻（注①），季節又是夏天……

這所荒廢已久的老學校裡有亡靈出沒，應該也算是可以理解的事情。

咦？你問妖怪也會怕亡靈嗎？當然會怕呀！

妖怪和亡靈完全不同，亡靈是死者的靈魂，人類往生後如果還對這個世界有所憎恨或留戀，就會變成亡靈在人間徘徊，不過妖怪沒有任何憎恨或留戀，他們絕大多數都是隨興自在、率性生活，所以妖怪很怕遇到個性陰暗沉重的亡靈。阿天就是擔心這個男孩是亡靈，認為還是離他遠一點比較好，所以才趕緊提議要回家。

「是啊……我們差不多該回家了，媽媽一定很擔心我們。我們沒回家吃午餐，媽媽不知道我們去了哪裡，肯定很著急……」

阿一也開口附和。

九十九家的「午餐」，指的是半夜十二點吃的那一餐，現在早已過了午餐時間。

「說得也是，我好餓喔。」小覺說。

在一般的狀況下，妖怪就算不吃飯也沒關係，但九十九一家自從住在人類的城鎮之後，每天都會吃三餐，而且吃的還是媽媽親手做的家常菜。習慣的力量很驚人，一旦過慣了人類的生活，不吃午餐還是會餓。

「回家吧！我們回家吧！」

阿天說著說著便爬上神祕男孩旁邊的窗戶，準備從窗戶跳下去。他認為與其走樓梯離開校舍，還不如直接從窗戶跳到操場上比較快。

阿天爬上窗戶後便直接往外跳，小覺也跟著輕輕跳上窗臺。

小覺對神祕男孩說了聲「拜拜」，才朝操場的方向跳下，緩緩降落到地面。

阿一一手抓著自己頭上帽子的帽簷，一手朝男孩揮了揮，對男孩說「再見」，不過男孩依舊沒有說任何話，只是對著他露出笑容。

三兄妹跳下操場後，抬頭看向黑漆漆的校舍。

「啊，那個男孩不見了！」小覺喃喃自語。

剛剛還在教室窗邊看著他們三個往下跳的神祕男孩，現在已經消失不見。三兄妹環顧四周，但是到處都沒有看見男孩的身影。

「那傢伙到底是誰啊？」

阿天邊說邊往停放腳踏車的方向走。

「他會不會是亡靈呢？」看來小覺和阿天想的一樣。

阿一穿過操場時，再次回頭看了一眼校舍，然後歪著頭說：

「嗯……我總覺得他不是亡靈……如果他不是亡靈，不是妖怪，也不是人類，那他究竟是什麼呢？我還是搞不懂。」

三人在內心懷抱著謎團的狀況下，再次騎上腳踏車，準備回家。

小覺坐在前方的車籃裡，阿一坐在後座，由阿天踩動踏板，朝回家的道路前進。

阿天「喀嗒、喀嗒」踩著腳踏車，強勁的風吹在三人身上。

散布在小鎮上的燈光數量，比他們來的時候少了許多。現在夜已深，這個時候幾乎所有人都睡了，高山、稻田和樹木也在黑夜之中安靜休息。

阿天騎著腳踏車，一眨眼便穿過小鎮，騎上山路，翻越高山，將所有人帶回化野原集合住宅區。

阿天將媽媽的腳踏車停在腳踏車停車場，接著三人搭乘東町三丁目B棟的電梯來到地下十二樓，也就是妖怪一家的住處。

妖怪一家的門口掛著「九十九」的門牌，三兄妹打開大門，開心的走進家裡。

「我們回來了！」三兄妹異口同聲的說。

轆轤首媽媽聽見三兄妹的聲音，走到玄關迎接錯過午餐時間的孩子們。

「你們回來啦！今天玩得真晚，」說完，媽媽又看向他們的身後問：「這個男孩是誰？是你們的朋友嗎？」

「什麼？」

九十九家的三兄妹面面相覷，一起回頭看。這一看可不得了，三人同時「啊」的叫了出來。

剛剛躲在破舊校舍窗簾後面的神祕男孩，就站在九十九家的玄關。那個坐在窗邊，滿臉笑容的男孩，不知道什麼時候跟在三人後面，一起走進了九十九家。

注①：計時方式，大約是凌晨一點四十五分左右。

人類？妖怪？還是亡靈？

「哇！這傢伙竟然跟著我們回家了！」阿天驚訝的用尖銳的聲音放聲大喊。

阿一不敢置信的歪著頭。

「他是怎麼辦到的？腳踏車只載得下三個人……這傢伙跟著我們，我們竟然都沒察覺……」

「他一定是亡靈，只有亡靈才會一會兒消失，一會兒出現。」

轆轤首媽媽聽到小覺的話，忍不住瞪大雙眼。

「不會吧！你們怎麼可以隨隨便便將亡靈撿回家裡？趕快把他帶回去！」

阿天不滿的嘟著嘴。

「呿！呿！呿！我們才沒有把他撿回來呢！是他自己跟著我們回家的。」

此時，原本待在客廳的見越入道爺爺與山姥奶奶，聽見玄關的喧鬧聲，也跑出來查看。

「什麼事？什麼事？剛剛是不是有人在說亡靈什麼的？」見越入

道爺爺說。

山姥奶奶一把推開爺爺，興致高昂的探出身體，擠到最前面。

「是這個孩子嗎？這孩子就是亡靈嗎？欸……我還以為亡靈應該是透明的，但是你還有兩隻腳呢！你真的是亡靈嗎？看起來一點都不像。」

「我們也不清楚他是誰。」

阿一說完，接著就將今天三兄妹去山的另一邊，到當地小鎮廢棄學校玩耍發生的事情，以及遇見這位男孩的來龍去脈，從頭到尾說給家人聽。

事情交代完畢後，見越入道爺爺一臉不悅的瞪著三兄妹。

「游泳池？你們去游泳池游泳？為什麼不帶我去？竟然瞞著我去游泳，簡直不可原諒！」

「就是說嘛！」山姥奶奶也氣鼓鼓的說：「你們去做這麼好玩的事情，怎麼可以不約我？討厭，我也好想撲倒骷髏喔。」

最後，轆轤首媽媽說：

「總之，你們先去洗手，到餐桌旁坐著。先吃午餐再說。」

接著，媽媽走到孩子們的身後，有點不知所措的看著滿臉笑容的男孩，說：

「你也要吃午餐嗎？不嫌棄的話，跟我們一起吃吧？」

男孩最後和九十九家的三兄妹一起走進家中，洗完手後坐在餐桌旁。

媽媽將一大盤日式拿坡里義大利麵，分到每個人的盤子裡。只見男孩一口又一口的吃，把義大利麵全部吃光光。

「這小傢伙應該不是亡靈。」

爺爺看著男孩大口吃麵的模樣，忍不住這麼說。

「是啊，我從沒聽過亡靈會像這樣大口吃日式拿坡里義大利麵，」山姥奶奶點了點頭，直盯著男孩看，「這個孩子真的是操控骷髏和二宮金次郎的人嗎？他真的做得到這種事嗎？」

奶奶話一說完，放在客廳角落的立燈突然開始跳起舞來。

原本直挺挺的木質燈架一會兒扭動，一會兒彎曲，燈罩也左右晃動，底座踩著輕盈的步伐，繞著客廳茶几舞動。由於舞跳得太激烈，原本插在牆壁上的插頭不小心脫落了，但立燈依舊在跳舞，絲毫沒有停下來的意思。

「難道是這個孩子讓立燈跳舞的嗎？」

轆轤首媽媽疑惑的皺著眉頭喃喃自語，男孩則對媽媽的話笑著點了點頭。

「那麼，請你讓立燈停下來，」媽媽對男孩說：「要是它繼續跳舞，會讓家裡都是灰塵，影響大家吃飯。」

媽媽一說完，立燈馬上停止跳舞。立燈停下來後，立刻恢復成原本的模樣。

「好厲害！」

小覺的嘴角被義大利麵的醬汁染得紅紅的，她讚嘆的說：「這傢伙真的能操控物體耶！之前的骷髏、銅像，和剛剛的立燈，都是他操控的。他究竟是誰啊？」

「我也不知道，」媽媽不知道該怎麼辦，嘆了一口氣說：「我們既不知道他是誰，也不知道他為什麼跟著你們回家，就連小覺也看不透他的心思，真不知道該如何是好。」

「要不要打電話給爸爸？」阿一說：「爸爸應該會有線索。再說，這傢伙跑到化野原集合住宅區，現在在我們家裡吃飯，應該要跟爸爸報告一下，讓爸爸知道住宅區來了一個不知道是妖怪還是亡靈的男孩。」

見越入道爺爺還在遺憾自己沒能去游泳池游泳，對這名男孩的真實身分完全不感興趣。

「那間學校的游泳池大概多大？水道長度是二十五公尺還是五十

公尺？」

現場沒人回答爺爺的問題，他發現三兄妹都不理自己，不想繼續自討沒趣，便起身離開客廳，回到自己的房間午睡。

孩子們吃完遲來的午餐，轆轤首媽媽便打電話給正在市公所工作的滑瓢爸爸。雖然已經快天亮了，但這個時候打電話給集合住宅區管理局的的場局長還太早，若要等到爸爸下班回家，又還要一段時間，因此媽媽決定現在就打電話給爸爸。

滑瓢爸爸在電話上聽到有個神祕男孩跟著阿天他們回家，馬上趕回家中。滑瓢這種妖怪的能力，就是可以隨時隨地出現，又隨時隨地消失。簡單來說，滑瓢爸爸可以從市公所瞬間回家查看狀況，下一秒再返回市公所。

「那個孩子在哪裡？」

爸爸在玄關脫掉鞋子，低聲詢問媽媽。

「他在客廳和孩子們一起打電玩。」媽媽說。

爸爸慢慢走進客廳查看情況。那名神祕男孩臉上帶著笑容，和九十九家的孩子們輪流使用電玩搖桿。

「呿！呿！你好強啊！」

阿天和男孩一起玩飛機對戰遊戲，沒想到卻輸給對方，阿天覺得很不甘心。

「話說回來，你運氣真好，從剛剛就一直贏耶，遇到什麼難關都能闖過，好幸運啊！」

滑瓢爸爸在孩子們旁邊的沙發坐下來，向他們搭話：

「可以打斷你們一下嗎？」

「喔，爸爸回來啦！」妖怪三兄妹異口同聲的說。

「我回來了。」爸爸回答完，接著近距離觀察那名神祕男孩。

這名男孩確實不是人類，但也不是妖怪，而且要說他是亡靈，似乎又不是這麼一回事。亡靈是即使眼睛看得見，輪廓也有些模糊，不太感應得到形體的存在，不過這男孩的輪廓很清晰，還可以感受到他身上帶有很強大的力量。

爸爸問神祕男孩：

「你是從哪裡來的？」

男孩面帶笑容，伸出一隻手指向玄關。從那個方向延伸出去是山，山的

另一邊就是阿天他們今天去的小鎮。

「你住在那所學校裡嗎？今天我家孩子去玩的那所老學校，是你家嗎？」

男孩笑著點了點頭，表示滑瓢爸爸說得沒錯。

「既然如此，你為什麼要跟著我家小孩回來呢？你來這裡……你來這個鎮上有什麼目的嗎？」

男孩沒有回答，只是滿臉笑容的抬頭看著爸爸的臉。

爸爸知道這名男孩住的學校，在很久以前就已經廢校了，也知道那棟無人使用的校舍，將在今年秋天拆掉。

爸爸接到媽媽的電話後，立刻上網搜尋三兄妹遇見男孩的那所學校。爸爸盯著那名從即將消失的學校跑來家裡的神祕男孩，在內心下了決定。

「我得和野中先生談談這件事。我不知道這個小孩究竟是妖怪、亡靈，還是哪種存在，只知道他現在住的地方很快就要拆掉了……我得趕快弄清楚他為什麼會跟著我家小孩回來，然後和野中先生討論如何安置他，畢竟這是地區共生課的職責。」

決定怎麼做之後，滑瓢爸爸特地交代家人「一定要看緊這個小孩」，便回到市公所處理後續事宜。

早上八點三十分。到市公所上班的野中先生與女神小姐，和滑瓢爸爸一起開車回到化野原集合住宅區。

他們要找出神祕男孩的真實身分。

松樹小學的守護神

這一天，女神小姐特別有幹勁。

女神小姐是滑瓢爸爸任職市公所地區共生課的職員，而且還是個忠實的妖怪迷，光是有機會與滑瓢爸爸共事，就已經夠讓她欣喜若狂了，沒想到今天竟然還能與滑瓢爸爸的家人——也就是其他妖怪見面，難怪她會這麼興奮。

女神小姐上次到九十九公館時，其他家人都在睡覺，所以沒機會跟大家見面，因此她很期待今天的工作。

女神小姐很興奮，在坐車前往化野原集合住宅區的途中，一直說個不停。

「滑瓢先生，您的夫人轆轤首是不是偶爾會伸長脖子呢？見越入道爺爺的身體是不是會變大？啊……不過在家應該沒辦法這麼做。話說回來，見越入道到底可以變多大啊？身體可以隨心所欲的變大變小，真是太帥了！您家的小孩個性怎麼樣？他們合得來嗎？還是每天吵架？我一直很好奇妖怪兄妹吵起架來是什麼景象。我聽說山姥奶奶喜歡吃鯛魚燒，原本今天想買過去送給她，可惜店還沒開，不能心花朵朵開了……」

滑瓢爸爸瞠目結舌的看著女神小姐連珠炮似的說話方式，但野中先生似乎早已習以為常，不以為意的專心開車。

事實上，滑瓢爸爸今天在辦公室向野中先生報告家裡那位神祕男孩的事情後，野中先生便決定帶女神小姐到九十九公館，當時他的說法是「我們可能需要女神小姐的幫忙」。滑瓢爸爸看著說個不停的女神小姐，心中默默的想，除了愛說話和綁注連繩之外，她究竟還有什麼專長呢？

接到野中先生的電話後，集合住宅區管理局的的場局長來到東町三丁目Ｂ棟大樓前，等待其他人的到來。

眾人會合後，一起搭電梯前往Ｂ棟地下十二樓的九十九公館。

這個時間通常是九十九一家睡覺的時候，但是今天沒人入睡，全都在等爸爸回家。大家聽說滑瓢爸爸會帶野中先生等人回家，說不定能解開神祕男孩的身世之謎，因此所有人都守在客廳，想知道神祕男孩的真面目。

「歡迎歡迎，請進。」

轆轤首媽媽到玄關迎接客人，將大家帶進客廳。那位神祕男孩和九十九一家的妖怪，全都在客廳等待。

「我的天哪！太驚人！太感動啦！」

女神小姐再也無法壓抑興奮的心情，一雙大眼睛眨個不停，濃密的長睫毛隨之上下扇動，自顧自的環視客廳裡的妖怪。

「各位，這位是地區共生課的職員——女神姬美子小姐，大家也自我介紹一下。」

滑瓢爸爸話一說完，轆轤首媽媽便率先站出來，沉穩的向女神小姐打招呼。

「您好嗎？剛剛沒來得及問候，請您見諒。我是轆轤首，我先生平時承蒙您照顧了，十分感謝。」

「不敢當，不敢當，」女神小姐激動的搖頭，「快別這麼說，我哪有照顧滑瓢先生，我連小貓小狗都照顧不來呢！」

女神小姐說了一些莫名其妙的話，讓轆轤首媽媽不知道該怎麼回應，不過其他家人似乎並不在意。

「我是見越入道，如果你想嚇人，歡迎隨時跟我聯絡，我一定會幫你。」

「哇！真是太感謝了，到時候還請您多多幫忙！」

「我是山姥。這位小姐，你要多吃一點，吃胖一點才好。你看你瘦成這樣，全身都是骨頭，吃起來不可口啊……呃，不是，你瘦成皮包骨，很容易生病啊！」

「我知道了！謝謝您寶貴的意見，歡迎再次來電！」

滑瓢爸爸無奈的看著正在興頭上的女神小姐。

接著，三兄妹也分別介紹自己，只剩神祕男孩還沒說話。

等所有人都介紹完自己後，滑瓢爸爸順勢對男孩說：

「小朋友，請你也介紹一下自己吧。你叫什麼名字？你到底是什麼人呢？」

男孩面帶笑容，抬頭看著滑瓢爸爸。下一秒，男孩忽然收起笑臉，轉頭看向女神小姐。

接著，不可思議的事情發生了。從進門開始就一直眨著大眼睛，帶著狂喜心情和崇拜表情追著妖怪一家看的女神小姐，竟然瞪大雙眼，一動也不動的僵在原地。

這究竟是怎麼一回事？女神小姐就像服飾店裡常見的人形模特兒，全身僵硬靜止不動，就像是一尊沒有靈魂、張大雙眼的形體，站在客廳的入口。

「咦？女神小姐？」

滑瓢爸爸發現女神小姐不太對勁，想要伸手摸她的肩膀，野中先生見狀立刻制止他。

「等一下，我們先觀察一下女神小姐的狀況吧！」

就在這時，全身僵硬的女神小姐開始說話了：

「我是學校的守護神，長久以來，一直守護位於山另一邊的松山町松樹小學。」

女神小姐說這段話的聲音和之前完全不一樣，她的音調變得很奇特，九十九一家全都驚訝的面面相覷。

野中先生對神祕男孩深深一鞠躬，接著開口詢問：

「學校的守護神，請告訴我您的名字，我們該如何稱呼您呢？」

女神小姐再次開口。

「我有三個名字，分別是：松樹明神、學校童神，還有人叫我松樹小學的『學校童子』。」

從這個狀況來看，男孩應該是透過女神小姐說出自己想說的話。男孩藉由女神小姐之口，說出自己的身分是學校的守護神。

在場的妖怪對眼前的狀況感到十分驚奇，野中先生則繼續與自稱學校守護神的男孩對話。

「守護神學校童子，您守護的松樹小學即將在一個月後拆除，相信您已經知道這件事了。學校拆掉之後，您就沒有地方居住。失去住所之後，您打算怎麼辦？或者您有什麼想法？不妨向我們說出您的心願。」

聽到野中先生的提問，女神小姐原本空洞的眼神突然變得十分銳利。

「人類竟敢隨意拆掉我的住處，簡直無法原諒！我要詛咒所有住在松山町的人類！」

「這個主意太好了！」山姥奶奶拍手叫好，滑瓢爸爸立刻嚴厲的瞪著山姥奶奶，讓她安靜下來。

「咿兮兮兮！好耶，贊成詛咒，打敗人類！」阿天興奮的大喊。

轆轤首媽媽輕輕戳了一下阿天的背，要他閉嘴。

野中先生依舊以沉穩的聲音跟守護神男孩對話：

「守護神，無論是房子、學校、道路或城鎮，只要是人類建造的事物，就有壽命告終的一天，沒有任何東西是永遠不變的。學校也是，有誕生和創造就有死亡和消失的一天，這是人世間的定律。我請求您息怒，未來還請您成為新學校的守護神，保護校舍和學童們的安全。我衷心請求您，拜託您。」

眼神銳利的女神小姐疑惑的反問：

「你剛剛說新學校？」

「是的，我想將您請到化野原南小學，成為那裡的守護神，」野中先生積極的遊說守護神男孩，「化野原集合住宅區目前有三所小學，化野原東小學和化野原西小學都已經有守護神鎮守，不過化野原南小學目前沒有神祇保佑。」

「化野原南小學？」女神小姐、的場局長，以及九十九妖怪一家，全部異口同聲的問。

野中先生用力的點了點頭說：

「是的，化野原南小學位於化野原集合住宅區的南區，是新成立的小學。就如我剛剛說的，那裡還沒有守護神。我已經確認過這件事，您無須擔心，可以放心前往。」

「你說的是真的嗎？」率先提出質疑的，是凡事都要說兩句才甘心的山姥奶奶，「說不定在我們不知道的時候，化野原南小學已經有神祇鎮守了，你可不要信口開河啊！神可不會隨隨便便就出現在人類和妖怪面前，就算是新學校，也不能保證絕對沒有神祇守護。」

不過野中先生很肯定的搖了搖頭，否定山姥奶奶的說法。

「不，有守護神的學校和沒有守護神的學校，只要看一眼就能分辨出來。」

「是嗎？怎麼分辨？」見越入道爺爺問。

野中先生微笑著說：「有守護神的學校，一定流傳著七大不可思議的傳說，因為學校守護神偶爾會惡作劇嚇老師和學生，畢竟學校守護神都很喜歡惡作劇。」

野中先生笑容可掬的看著被九十九一家圍繞的小男孩。

「守護神學校童子，您說是不是呢？您在松樹小學應該偶爾也會惡作劇吧？像是讓理科教室的骷髏模型走動，在無人的教室彈鋼琴，或是讓學校的銅像在操場跑步之類的……

「您一定覺得用這些方式嚇老師和學生很好玩吧？『學校的七大不可思議傳說』，其實就是學校守護神的惡作劇，只是知道真相的人並不多，只有極少數的專家才知道這件事。像是在地區共生課工作的我，就是唯一知道真相的人。」

集合住宅區管理局的場局長，一直在所有人身後安靜聽大家說話，他恍然大悟的點了點頭。

「這麼說來，我就讀的小學也有七大不可思議的傳說，原來是這麼一回事啊，那些都是守護神的惡作劇！原來如此、原來如此，這麼說的話，我記得化野原東小學和化野原西小學都有七大不可思議傳說，但化野原南小學到目前為止還沒聽過類似的傳聞，這就是化野原南小學還沒有守護神鎮守的證明。」

野中先生再次對身為學校童子的小男孩喊話：

「守護神，您意下如何？您今天對很久沒去學校的九十九家孩子們惡作劇，之後還跟著他們回家，不就代表您已經很長一段時間都是獨自一人，覺得無聊才會這麼做嗎？松樹小學的校舍難得有孩子們來，您一定很開心，才會跟著他們回家吧？就算校舍沒拆掉，沒人上學的學校也不能算是學校。您是守護學校的守護神，請務必到真正的學校，發揮您的力量保護學生。我再次請求您成為化野原南小學的守護神，保護學校和學生們。」

爺爺聽了野中先生的話深受感動，雙手抱胸的點頭如搗蒜。

「嗯，說得真好。對喜歡惡作劇的人來說，若是沒有可以驚嚇的

對象，日子一定會很無聊。」

見越入道爺爺每次一有機會，就想要變大去嚇唬人類，所以很認同野中先生的話。

野中先生的話不只感動了見越入道爺爺，似乎也打動了守護神男孩。小覺清楚看見守護神男孩原本緊閉的心扉，稍微開啟了一道縫隙。

小覺看穿守護神男孩的內心，對守護神男孩說：

「你現在是不是在想，嗯……我乾脆搬到化野原南小學算了，對不對啊？」

這次依然是女神小姐代替守護神男孩說話。

「化野原南小學有沒有鋼琴？」

「當然有。」野中先生回答。

「有骷髏模型嗎？」

「您是說人體模型嗎？當然有嘍，理科教室裡有一尊完整的骨骼模型。」

「有二宮金次郎的銅像嗎？」

「這個嘛……」野中先生猶豫了一下。很遺憾，化野原南小學並沒有二宮金次郎的銅像。

不過，野中先生靈機一動，想到另一件事。

「對了……校園中的櫻花樹下，有一對牽著手的男孩和女孩銅像，銅像的名稱是『羈絆』。」

小覺盯著沉默的學校童子，突然笑了出來。

「你現在是不是在想，要讓那一對銅像跑步啊？」

「好吧，」女神小姐以低沉的聲音說：「既然你們如此希望我去，我就去化野原南小學吧！我願意成為新學校的守護神，從今以後，作為化野原南小學的學校童子，我的名字就是學校童神──化野原南明神。」

「遵命！」野中先生虔誠的深深一鞠躬。

滑瓢爸爸、轆轤首媽媽與的場局長，也跟著深深一鞠躬。

山姥奶奶不甘心的抱怨：

「唉，真是無趣。要是你想詛咒人類，我還可以助你一臂之力，現在什麼好戲都沒得看了。」

大家假裝沒聽見山姥奶奶的話，山姥奶奶只好嘟著嘴，不再發表意見。

阿天、阿一和小覺看著跟自己回家的守護神男孩，小聲的聊了起來：

「原來他是神祇啊！難怪沒有妖氣。」

阿一說完，小覺也點頭附和：

「所以我才無法洞察祂的內心。畢竟神祇的心門屏障很堅固，無法攻破，我剛剛也只能稍微看到一點點……」

「呿！呿！呿！難怪他打電玩都不會輸。神祇的運氣最好了，不公平，不公平！」阿天不甘心的說。

小男孩聽了，再次開心的笑了。

就在此時，女神小姐像是從夢中醒來一樣，恢復了動作。

女神小姐眨了眨長著濃密睫毛的雙眼，發現每個人都在看她，於是疑惑的歪著頭問：

「咦？你們怎麼啦？我剛剛是不是說了什麼奇怪的話？」

滑瓢爸爸正在思考該怎麼回答她的問題，見越入道爺爺卻一臉不悅的抱怨：

「我現在只想說一句話。」

眾人的視線頓時全都集中到見越入道爺爺身上，爺爺一一環視著眾人說：「你們誰要帶我去游泳池？」

「我想……」轆轤首媽媽說：「我來泡熱紅茶好了，可以搭配剛出爐的紅蘿蔔蛋糕享用喔！」

「啊……」小覺突然驚呼，「守護神男孩不見了。」

「什麼？」

眾人驚訝的查看客廳的每個角落，卻沒有發現守護神男孩的身影。其實在大家看向見越入道爺爺的那一刻，守護神學校童子就消失了蹤影。

女神小姐的通靈能力

野中先生喝著轆轤首媽媽泡的紅茶，吃著剛出爐的紅蘿蔔蛋糕，一邊對大家說明女神小姐的特殊能力。

「不瞞各位，女神小姐具備通靈能力。」

「什麼是通靈？」山姥奶奶一邊吃蛋糕一邊問。

野中先生接著解釋：

「簡單來說，就是她能聽到死去的人或神祇說的話，並且代替他們說出來，就像是收音機接收電波發出聲音一樣。之前聽說跟著九十九家孩子們回家的不是妖怪，我就想說不定女神小姐可以幫上忙，還好這次有帶她來，我的決定是正確的。如果沒有女神小姐，我們也聽不到神祇說的話。」

「原來如此，沒想到她還有通靈能力……」滑瓢爸爸看著開心吃蛋糕的女神小姐，不由得對她另眼相看。

沒人知道學校童子後來在什麼時候，以什麼方式從松樹小學搬到化野原南小學。因為就像山姥奶奶說的，神祇不會隨隨便便出現在人

類和妖怪面前。

不過，唯一可以確定的是，學校童子真的搬到了化野原南小學。因為過了一段時間之後，化野原南小學在暑假期間發生了一些神祕現象，在暑期值班的老師們議論紛紛，不可思議的傳說就這麼流傳開來。

聽說……

有人在半夜看到無人的教室亮起燈來。

聽說……

空盪盪的音樂教室傳出鋼琴聲。

聽說……

放在理科教室玻璃櫃裡的人體模型，不知道為什麼竟然自動走到了櫃子外面。

還有，前陣子有一位大叔晚上經過學校附近，看到兩個人影在操場上跑步。那兩個人影和樂融融的手牽著手，當他們跑到有路燈照明的地方時，大叔嚇得當場跌坐在地，因為大叔看到的人影，竟然是化野原南小學校園裡名為「羈絆」的銅像！

說到這個，還有人在沒有月亮和星星的漆黑夜晚，聽見小學的游泳池裡傳來有人嘻笑談話的聲音，但是這很難說究竟是不是守護

羈絆

神的惡作劇，因為在那之後，九十九妖怪一家時常會去學校游泳池游泳。

在化野原南小學傳出不可思議傳說的那一天，野中先生對滑瓢爸爸說：

「沒想到神祇竟然如此任性，想做什麼就做什麼，不過祂們的優點就是信守承諾，我相信化野原南小學的學校童子，一定也是信守承諾的守護神。在未來的日子裡，祂一定會遵守對我們許下的承諾，好好守護化野原南小學和那裡的學生。」

「而且，祂還會時不時就惡作劇，嚇唬老師和學生。」滑瓢爸爸笑著說。

野中先生一聽，也忍不住笑著點頭說：

「那是一定的，畢竟這是學校童子的本分。你仔細想想，沒有七大不可思議傳說的學校，還真是無聊啊！」

時間過得飛快，夏天已經在不知不覺間逐漸遠離化野原集合住宅區。再過幾天，等暑假結束後，化野原南小學又將出現孩子們活力十足的歡笑聲。

蟬兒在校園角落綻放綠意的櫻花樹梢上放聲唱歌，宣告夏日的尾聲近了。

紅色蜻蜓飛過空盪盪的學校操場，迎面吹拂的風，帶來了秋天的氣息。

妖怪一族延伸學習

活動設計／臺北市私立再興小學研究教師廖淑霞

「妖怪九十九一家」明明個個身懷十八般武藝，卻因人類對環境的過度開發而變得無家可歸、無處申訴，只好進入化野原集合住宅區，與人類共處。讓我們更進一步認識這群具有「人」味的妖怪，理解他們想要守護人類的心吧！

尋「妖」探「怪」大考驗 1：化野原集合住宅區的人力銀行

眾妖們靠著他們的特異功能為集合住宅區解決不少疑難雜症，可說是化野原集合住宅區之寶，讓我們試著依照每個妖怪的特長，建立集合住宅區的人力銀行，提供遭遇難題與困難的居民們最佳人力資源。

妖怪專家	專長 1	專長 2
滑瓢爸爸	高 IQ 和 EQ，最適合擔任社區管委會主委。	
小覺	最適合擔任警察或法官的助手，尤其是測謊機失靈時。	

尋「妖」探「怪」大考驗 2：化野原社區封妖榜

「化野原」可是臥虎藏龍，除了妖怪九十九一家裡力大無窮的山姥奶奶、變化莫測的見越入道爺爺、瞬間移動的滑瓢爸爸、伸縮自如的轆轤首媽媽，千里眼的一目小僧阿一、善讀心術的小覺、健步如飛的天邪鬼阿天，還有滿月池中的河童、塔屋頂上的烏天狗、住在地底的送行狼……究竟誰的本領最強大，有資格登上化野原集合住宅區的封「妖」榜？

封妖榜 No.1

- 堪稱妖界博士，具有如警犬般敏銳的嗅覺，能藉此辨識出藏匿的妖怪種類。
- 高手：__________

封妖榜 No.2

- 擁有如望遠鏡和顯微鏡功能的眼力，善於找出細微的蛛絲馬跡。
- 高手：__________

封妖榜 No.3

- 不僅能瞬間變小或變大的大力士，也可以輕鬆扛起沉重的樹枝。
- 高手：__________

封妖榜 No.4

- 喜歡居住在地底，嗅覺也相當靈敏，可以媲美味道探測器。
- 高手：__________

封妖榜 No.5

- 發亮的眼神如同 X 光，可以看透別人內心真實的想法。
- 高手：__________

封妖榜 No.6

- 雖然性格有些乖張，但力氣大，跑得快，奔跑的速度堪比跑車。
- 高手：__________

尋「妖」探「怪」大考驗 3：社區營造有方法

做「人」難，當「妖」更難，人類是買不起房，妖怪卻是保不住自己的家。不論是「窸窣森林」的狐靈或是「松樹小學」的守護神學校童子，明明有著十八般武藝，卻因人類對環境的過度開發而無家可歸，也無處申訴。讓我們試著亡羊補牢並未雨綢繆，為他們爭取「居住權」。

申訴人	事件起因	未雨綢繆之策	亡羊補牢之法
窸窣森林的狐靈	尚未核發整地許可的窸窣森林，樹木被砍光，讓原本居住在森林裡的狐靈，頓時無家可歸。		
松樹小學的守護神	廢棄已久的松樹小學即將被拆除，守護神學校的守護神將面臨居無定所的窘境。		

尋「妖」探「怪」大考驗 4：「人妖共居」大不易

化野原森林的「先住妖怪」在野中先生的協調下，選擇了共生專案，在化野原集合住宅區展開「人妖共存」的生活，為了融入人類的生活方式與作息，妖怪九十九一家努力改變自己，學習與人類和平共處，想一想，看看你是否感受到了他們的付出與努力？

山姥奶奶

- 強忍住想吃人的衝動，努力與人類做朋友
-

見越入道爺爺

-
-

天邪鬼阿天

-
-

滑瓢爸爸

-
-

妖怪一族4

妖怪學校開學嘍

作者｜富安陽子
繪者｜山村浩二
譯者｜游韻馨

責任編輯｜李寧紜
特約編輯｜葉依慈
封面及版型設計｜a yun、林子晴
電腦排版｜中原造像股份有限公司
行銷企劃｜林思妤、葉怡伶

天下雜誌創辦人｜殷允芃
董事長兼執行長｜何琦瑜
媒體暨產品事業群
總經理｜游玉雪
副總經理｜林彥傑
總編輯｜林欣靜
行銷總監｜林育菁
副總監｜李幼婷
版權主任｜何晨瑋、黃微真

出版者｜親子天下股份有限公司
地址｜臺北市104建國北路一段96號4樓
電話｜（02）2509-2800　傳真｜（02）2509-2462
網址｜www.parenting.com.tw
讀者服務專線｜（02）2662-0332　週一～週五：09:00~17:30
讀者服務傳真｜（02）2662-6048　客服信箱｜parenting@ cw.com.tw
法律顧問｜台英國際商務法律事務所・羅明通律師
製版印刷｜中原造像股份有限公司
總經銷｜大和圖書有限公司　電話：（02）8990-2588

出版日期｜2024年8月第一版第一次印行
書　　號｜BKKCJ116P
定　　價｜320元
I S B N｜978-626-305-662-6

訂購服務
親子天下 Shopping｜shopping.parenting.com.tw
海外・大量訂購｜parenting@ cw.com.tw
書香花園｜臺北市建國北路二段6巷11號　電話（02）2506-1635
劃撥帳號｜50331356 親子天下股份有限公司

國家圖書館出版品預行編目資料

妖怪一族. 4, 妖怪學校開學嘍 / 富安陽子文 ; 山村浩二圖 ; 游韻馨譯. -- 第一版. -- 臺北市 : 親子天下股份有限公司, 2024.08
184面 ; 17×21公分. -- (樂讀456 ; 116)
國語注音
譯自 : 妖怪きょうだい学校へ行く : 妖怪一家九十九さん
ISBN 978-626-305-662-6(平裝)
861.596　112020729